闖關大挑戰

美語KK音標

玩樂中學習
母語級發音速成

作者：里昂

嘴巴發音清楚 **KK音標就好記**

QR Code　山田社 SIS

搞笑的聯想發音，抽象發音變笑點

41首 爆笑繞口令，讓你 **口齒伶俐**

比較「相似發音」的雙胞胎，培養絕對聽力

38組 趣味闖關遊戲 **享受無窮樂趣**

全新互動式教學法，一勞永逸的學習神器！

第 **1** 名

初學美語就得活潑上腳，發音、音標，單字、例句，一次收入囊中，隨時隨地掃描閱讀QR Code，養造純正的母語發音環境！

用歡樂點燃你對美語的熱情，讓這場學習大冒險精彩開演！

前言

學英文怎樣才能事半功倍？
提升聽力、口說、詞彙量的超級秘訣就是
——精準的發音！
誰說沒有老師就學不好？
透過趣味滿點的練習，
你可以邊玩邊學，
深刻記住每個發音，從基礎做起，
把勝利種在起跑線上！

要不要學KK音標呢？

對於小朋友來說，KK音標的符號可能有點頭痛，但對國中生以上的學習者，這玩意兒絕對是一勞永逸的學習神器！

來看看學KK音標的 4 大超猛理由吧：

① 用KK音標的音節破解法，單字不用死記硬背！
② 坐在家裡就能透過KK音標念出標準的重音，誰說非得跑到國外才行？
③ 掌握KK音標的訣竅，所有英語單字都能輕鬆讀出來！
④ KK音標讓你在聽力和口說時更精準地把握易混淆的發音！

無論你是剛起步的新手，還是想提升的中級學者，只要一週就能掌握KK音標和發音技巧，讓你的美語學習之路一帆風順、突飛猛進！心動不如行動，跟我們一起開始吧！

▲ 用搞笑的聯想發音，讓抽象的學習變成大笑點，立刻見效！
▲ 真人嘴型加上嘴內透視圖，你的貼心專屬教師，勝過面對面授課！
▲ 結合單字和例句，加強記憶同時提供不同語境下的正確發音！
▲ 比較「相似發音」的雙胞胎，培養你的絕對聽力！
▲ 41首爆笑繞口令，讓你的發音清晰，口齒伶俐！
▲ 利用音標擴展你的單字網，一學就會，應用自如！
▲ 38組趣味闖關遊戲，讓你在娛樂中學習，享受無窮樂趣！
▲ 掃描朗讀QR Code，連線到真正的英語環境，學習純正母語發音！

誰說自學KK音標需要老師？

信不信由你，這本書用全新互動式教學法，
讓你大聲發音、洗耳恭聽，音標記憶深植腦海，一次掌握！
初學美語就得活潑上腦，有趣又超實用！發音、音標、單字、例句，一次收入囊中！

來看看這 8 個每天只需15分鐘的狂妙小技巧，保證你的進步肉眼可見：

▲ **幽默開場**：覺得英文發音難？用中文搞笑聯想，讓你想忘也忘不了！

我們用超有趣的中文聯想破解發音難題，讓你發現這些聲音其實一點都不陌生。再加上生動的插圖，激活你的圖像記憶，把學習內容從短期記憶升級到長期記憶，學習不僅輕鬆，還讓你忍不住笑出聲，一學就記住！

▲ **終極示範：真人嘴型＋嘴裡透視圖＝清晰超過老師面授！**

　　不需要老師一對一教導，就能在家學好發音。我們為每個發音提供真人拍攝的嘴型圖，配合剖面的嘴裡透視圖和明白的動作指南，展示舌頭位置、氣流如何流動，直觀展現美語發音的每一個祕密。比老師在你面前示範還要清晰，利用嘴部肌肉的記憶，讓你輕鬆練就美麗發音！

▲ **單字擴展：搭配單字及例句，深化記憶同時掌握實用發音！**

　　學完發音，我們挑選常用的基礎單字和實際生活例句，讓你在學習音標的同時，增強印象並理解不同語境下的發音變化。透過單字和例句的學習，你不僅能記住音標，還能應用所學，現學現賣，馬上展示你的精彩成果！

▲ **易混聲音大比拼：「相似發音」的雙胞胎大挑戰，磨練你的超級耳朵！**

　　混淆 "bed" 和 "bad" 了嗎？不要怕！無論是聽力還是口語，學會分辨這些 "相似音" 是你的必修課。本書特設 "發音對決比比看" 單元，不僅揭秘相似音的小祕密，還配有妙招小提示。只要你跟著認真聽，大聲跟讀，一掃所有發音障礙，感受明顯進步！

▲ **實際演練：大膽放聲來朗讀41首繞口令，讓你的美語流利不卡頓！**

　　學了這麼多，還停留在台式美語階段？來讓這些繞口令來幫你解決 "p" 和 "b" 的糾結，讓 "t" 和 "d" 的區分清晰明了。每個音標都有專屬的繞口令，內容詼諧又引人入勝，讓你一遍又一遍地練習，直到發音如喝水般自然流暢！

▲ **應用聯想：聲音的分身兄弟全在這，加速記憶，一網打盡！**

　　學會了音標[o]，怎麼知道在哪些情況下發[o]呢？使用 "10倍速音標記憶網"，就像家族族譜一樣，一次找齊[o]的所有分身兄弟，比如o, oa, ow, 甚至ew, oe, ou。心智圖表讓記憶一目了然，提供靈活運用的能力，記憶變得既清晰又活潑，實用性爆表！

▲ **遊戲體驗：從遊戲中學習，啟動你的超級學習冒險！**

　　為了增加學習的信心和樂趣，每個單元都設計了精美的圖文闖關練習。透過輕鬆的遊戲，你可以無壓力地應用所學，不知不覺中加深了記憶，發現學習盲點，加深印象，立即驗收成果，獲得巨大的成就感。等著你來一一解鎖這些趣味滿滿的挑戰！

▲ **隨時隨地掃描朗讀QR Code：營造純正的母語發音環境！**

　　不需跨國，手機一掃QR Code，即刻連線專業外籍教師錄製的美語音檔，每天只需15分鐘，細聽並大聲跟讀，讓你的耳朵和嘴巴完美切換到美語腔調，初學階段就習慣正確而優雅的發音，自信開口，讓人驚艷！

　　讓我們用這本書為你在美語學習之路上打下堅實的基礎，帶領你踏上一段充滿樂趣和挑戰的學習旅程！用歡樂點燃你對美語的熱情，讓這場學習大冒險精彩開演！

目錄

母音

子音

母音

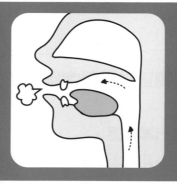

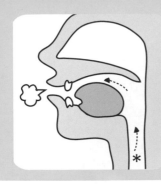

1 [i] 的發音

拍照的時候，雙唇拉開，露出牙齒笑一個。

 怎麼發音呢

[i]的音該怎麼發呢？首先舌頭上升，但是沒有碰到硬顎，留下一條細細的通道。舌頭維持這個姿勢，將嘴唇往兩邊拉，展現迷人的微笑。接著振動聲帶，讓氣流緩緩流出，就可以發出又長又漂亮的[i]囉！

 邊聽邊練習單字跟句子的發音喔

＜大聲唸出單字喔＞

❶ sea	[si]	海	❹ read	[rid]	閱讀
❷ me	[mi]	我	❺ tea	[ti]	茶
❸ pea	[pi]	豌豆	❻ bee	[bi]	蜜蜂

＜大聲唸出句子喔＞

❶ Sheep eats cheese.
　　　　　羊吃起士。

❷ We need a key.
　　　　　我們需要一把鑰匙。

❸ She feeds bees.
　　　　　她餵蜜蜂。

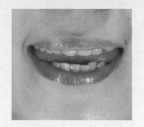

[i]

 比較 [i] 跟 [ɪ] 的發音

兩個母音就像是媽媽和小孩，發音非常相似。[i]發音比較長，嘴形比較扁平，而[ɪ]就是[i]的小孩，發音又短又急，可是嘴形相同喔！

	[i]			[ɪ]	
❶ heat	[hit]	溫度	hit	[hɪt]	打擊
❷ lead	[lid]	領導	lid	[lɪd]	蓋子
❸ feel	[fil]	感覺	fill	[fɪl]	裝滿
❹ Pete	[pit]	彼得	pit	[pɪt]	洞

 玩玩嘴上體操

It's a pizza Tim's team's eating.
提姆的隊員吃的是比薩。

7

10倍速音標記憶網——哪些字母或字母組合唸成 [i]

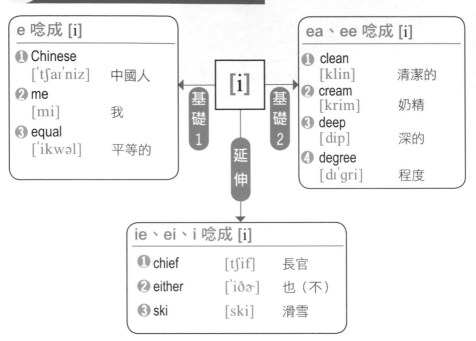

e 唸成 [i]

❶ Chinese
　[ˈtʃaɪˈniz]　中國人
❷ me
　[mi]　我
❸ equal
　[ˈikwəl]　平等的

[i]

基礎 1

基礎 2

延伸

ea、ee 唸成 [i]

❶ clean
　[klin]　清潔的
❷ cream
　[krim]　奶精
❸ deep
　[dip]　深的
❹ degree
　[dɪˈgri]　程度

ie、ei、i 唸成 [i]

❶ chief　　[tʃif]　長官
❷ either　[ˈiðɚ]　也（不）
❸ ski　　　[ski]　滑雪

 ## 1 比較看看

比較看看，將劃線部份發音相同的打勾。

1 ☐ me / men
　（我 / 男人）

2 ☐ she / the
　（她 / 那個）

3 ☐ meat / seat
　（肉類 / 座位）

4 ☐ lead / learn
　（領導 / 學習）

5 ☐ people / please
　（人們 / 請）

6 ☐ weak / weather
　（柔弱 / 天氣）

7 ☐ steal / still
　（偷竊 / 仍然）

8 ☐ see / sea
　（看見 / 海洋）

答案 3. 5. 8

2 玩玩看

你的身上帶著多少[i]呢？請根據圖中箭頭猜猜看是身體或衣服的哪個部位。

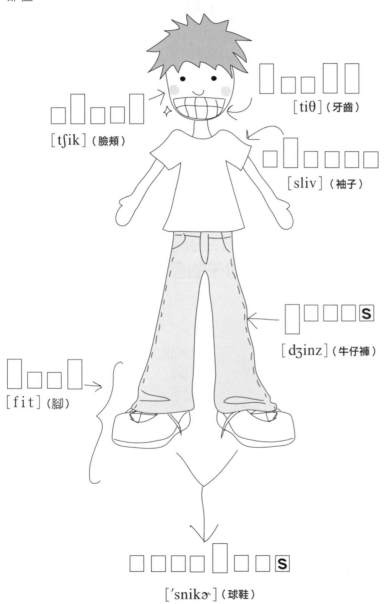

[tiθ]（牙齒）

[tʃik]（臉頰）

[sliv]（袖子）

[dʒinz]（牛仔褲）

[fit]（腳）

[ˈsnikɚ]（球鞋）

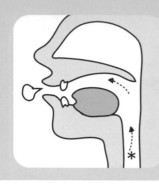

2 [ɪ] 的發音

我兒子考試得第「一」啦！

怎麼發音呢

[ɪ]是[i]的偷懶版。首先是舌頭位置比[i]低一點，在[i]與[e]之間，嘴唇往兩邊分開程度比[i]小一點，而且舌頭不用像[i]一樣緊繃，發出比[i]來得短的音。別忘了不只是長短音的分別，舌頭與嘴唇的位置也不同喔！

CD

track
2

邊聽邊練習單字跟句子的發音喔

＜大聲唸出單字喔＞

❶	kid	[kɪd]	小孩		❹	sick	[sɪk]	生病
❷	sit	[sɪt]	坐下		❺	pig	[pɪg]	豬
❸	it	[ɪt]	它		❻	hill	[hɪl]	山丘

＜大聲唸出句子喔＞

❶ Billy picks a wig.
比利撿起一頂假髮。

❷ It will win.
它將取得勝利。

❸ The kid is sick.
那孩子病了。

[ɪ]

 比較 [ɪ] 跟 [ɛ] 的發音

在發這兩個母音時，會發現兩者發音位置很像，只是在發 [ɛ] 的時候要把嘴巴張比較大一點喔。請試試看先發一個 [ɪ]，再把嘴巴微微張開，就發出 [ɛ] 這個音了！

CD

track
2

[ɪ]			[ɛ]		
❶ pit	[pɪt]	坑	pet	[pɛt]	寵物
❷ bit	[bɪt]	一點	bet	[bɛt]	打賭
❸ chick	[tʃɪk]	小雞	check	[tʃɛk]	檢查
❹ sill	[sɪl]	窗台	sell	[sɛl]	賣

 玩玩嘴上體操

It fits, Miss Fitz.
費芝小姐，那很適合你。

11

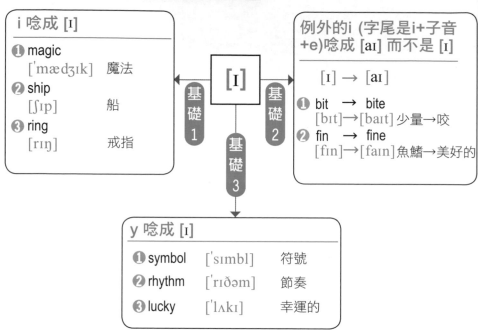

i 唸成 [ɪ]

❶ magic
  [ˈmædʒɪk]   魔法
❷ ship
  [ʃɪp]   船
❸ ring
  [rɪŋ]   戒指

例外的i (字尾是i+子音 +e)唸成 [aɪ] 而不是 [ɪ]

[ɪ] → [aɪ]

❶ bit → bite
  [bɪt]→[baɪt] 少量→咬
❷ fin → fine
  [fɪn]→[faɪn]魚鰭→美好的

基礎 1

[ɪ]

基礎 2

基礎 3

y 唸成 [ɪ]

❶ symbol   [ˈsɪmbl]   符號
❷ rhythm   [ˈrɪðəm]   節奏
❸ lucky   [ˈlʌkɪ]   幸運的

1 唸唸看

唸唸看，請將與題目發音相同的選出來。

1 ___ will   ①well   ②feel   ③kill   ④deal
2 ___ kiss   ①miss   ②nice   ③mice   ④rice
3 ___ live   ①five   ②leave   ③knife   ④lip
4 ___ this   ①thirsty ②thing   ③third   ④three
5 ___ is   ①ice   ②island ③ill   ④idea

答案1.③ 2.① 3.④ 4.② 5.③

2 玩玩看

動物園裡的動物通通跑出來了，管理員想請你幫幫忙，希望你把帶有
母音[ɪ]的動物趕進柵欄裡。

monkey

peacock

chicken

eagle

deer

rabbit

sheep

pig

[ɪ]

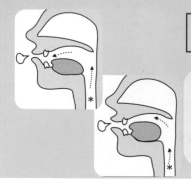

3 [e] 的發音

ABCD的A啦！

 怎麼發音呢

將舌頭往前延伸，位置在[i]與[a]之間，不高也不低，嘴唇往兩邊拉，發出一個長長的[e]。在英語中[e]的發音，舌頭會從原來的位置，緩緩的往上滑向[ɪ]的位置，所以是以[ɪ]作為結尾，這樣才是漂亮的[e]喔！

 邊聽邊練習單字跟句子的發音喔

＜大聲唸出單字喔＞

❶ cake	[kek]	蛋糕	
❷ late	[let]	遲到	
❸ mail	[mel]	郵件	
❹ nail	[nel]	指甲	
❺ stay	[ste]	停留	
❻ great	[gret]	很棒	

＜大聲唸出句子喔＞

❶ Hey, wait!
　　　　　喂，等等。

❷ They make cake.
　　　　　他們做蛋糕。

❸ The rain in Spain remains the same.
　　　　　西班牙的雨還是老樣子。

14

[e]　　　　　　　　　　　　　　[ɪ]

 比較[e]跟[ɛ]的發音

這一組母音也是長短音的關係，把[e]發得短一點就是[ɛ]啦。請試試看
發出一個短音[ɛ]，再把發音的時間拉長，嘴形縮小一點，是不是就變成
了長音的[e]了呢！

 玩玩嘴上體操

CD

track 3

	[e]			[ɛ]	
❶ late	[let]	遲了	let	[lɛt]	讓
❷ gate	[get]	門	get	[gɛt]	得到
❸ pain	[pen]	疼痛	pen	[pɛn]	原子筆
❹ wait	[wet]	等待	wet	[wɛt]	濕

Rain, rain, go away,
Come again another day;
Little Johnny wants to play.

大雨大雨不要下，
可不可以改天下，
小強尼想出去玩呀。

15

10倍速音標記憶網——哪些字母或字母組合唸成[e]

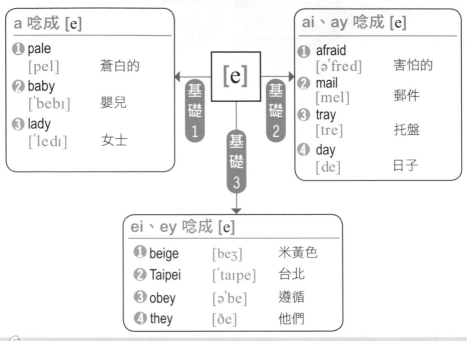

a 唸成 [e]
1. pale
   [pel]　　蒼白的
2. baby
   ['bebɪ]　嬰兒
3. lady
   ['ledɪ]　　女士

基礎 1

[e]

基礎 2

ai、ay 唸成 [e]
1. afraid
   [ə'fred]　害怕的
2. mail
   [mel]　　郵件
3. tray
   [tre]　　托盤
4. day
   [de]　　日子

基礎 3

ei、ey 唸成 [e]
1. beige　　[beʒ]　　米黃色
2. Taipei　['taɪpe]　台北
3. obey　　[ə'be]　　遵循
4. they　　[ðe]　　他們

 1 唸唸看

唸唸看，並將畫線地方發音不同的圈起來。

1 c<u>a</u>ke f<u>a</u>ke d<u>a</u>te g<u>a</u>te f<u>a</u>t

2 n<u>a</u>me s<u>a</u>me <u>a</u>m c<u>a</u>me g<u>a</u>me

3 afr<u>ai</u>d ag<u>ai</u>n rem<u>ai</u>n cert<u>ai</u>n reg<u>ai</u>n

4 th<u>ey</u> s<u>ay</u> gr<u>ay</u> aw<u>ay</u> k<u>ey</u>

5 <u>ea</u>t <u>ea</u>ger st<u>ea</u>k f<u>ea</u>r m<u>ea</u>t

答案1.fat 2.am 3.certain 4.key 5.steak

2 玩玩看

經過工廠四個加工步驟，正確挑選出單字的四個字母之後，所有的單字都有 [e] 了呢！換你拼拼看喔！

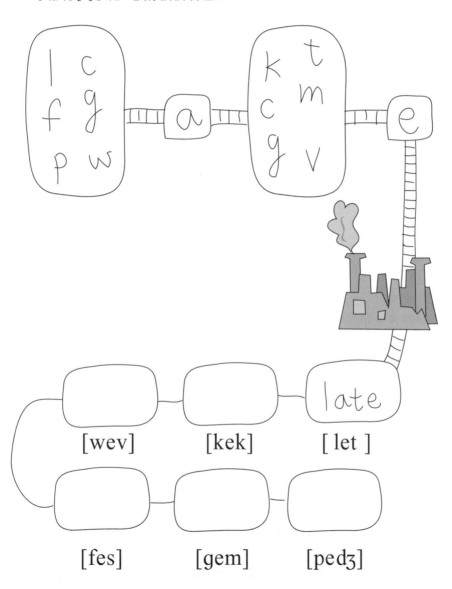

[wev]　　　[kek]　　　[let]

[fes]　　　[gem]　　　[pedʒ]

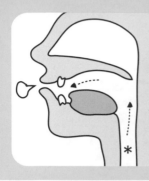

4 [ɛ] 的發音

哇！這床很棒「耶」！

CD

track
4

 怎麼發音呢

[ɛ]的發音部位很接近[e]。首先舌頭往前延伸，位置比[e]低一點，卻又比[æ]高一些。嘴唇自然微張，比[ɪ]大一點。接著振動聲帶，輕鬆發出比[e]短一點的音，聽起來很像中文的「ㄝ」。

 邊聽邊練習單字跟句子的發音喔

＜大聲唸出單字喔＞

❶ head [hɛd] 頭
❷ men [mɛn] 男人
❸ best [bɛst] 最好的
❹ sell [sɛl] 賣
❺ egg [ɛg] 雞蛋
❻ enter [ˈɛntɚ] 進入

＜大聲唸出句子喔＞

❶ Let's get some rests.
　　　　　我們休息一下吧。
❷ The red desk has four legs.
　　　　　紅書桌有四支腳。
❸ The vet said the pet is in bed.
　　　　　獸醫說那隻寵物已經睡了。

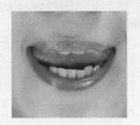

[ɛ]

 比較[ɛ]跟[æ]的發音

請試試看先發一個[ɛ]，再慢慢地把嘴巴張大拉長，同時舌頭也要用力壓低，這樣就可以發出[æ]了喔！

CD

track
4

	[ɛ]			[æ]	
❶ pet	[pɛt]	寵物	pat	[pæt]	輕拍
❷ leg	[lɛg]	腿	lag	[læg]	落後
❸ pest	[pɛst]	害蟲	past	[pæst]	過去
❹ said	[sɛd]	說	sad	[sæd]	悲傷

 玩玩嘴上體操

Fred fed Ted bread, and Ted fed Fred bread.
弗德餵泰德麵包，泰德餵弗德麵包。

19

10倍速音標記憶網——哪些字母或字母組合唸成[ɛ]

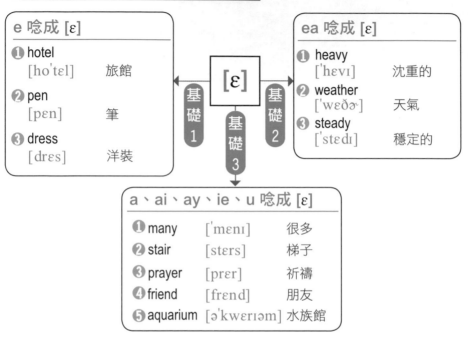

e 唸成 [ɛ]

❶ hotel
[hoˈtɛl]　　旅館

❷ pen
[pɛn]　　筆

❸ dress
[drɛs]　　洋裝

[ɛ]

基礎 1　基礎 3　基礎 2

ea 唸成 [ɛ]

❶ heavy
[ˈhɛvɪ]　　沈重的

❷ weather
[ˈwɛðə]　　天氣

❸ steady
[ˈstɛdɪ]　　穩定的

a、ai、ay、ie、u 唸成 [ɛ]

❶ many　　[ˈmɛnɪ]　　很多
❷ stair　　[stɛrs]　　梯子
❸ prayer　[prɛr]　　祈禱
❹ friend　[frɛnd]　　朋友
❺ aquarium [əˈkwɛrɪəm] 水族館

 1 唸唸看

唸唸看，再將與題目發音不同的選出來。

1 ☐ b<u>e</u>t　　①p<u>e</u>t　　②n<u>e</u>t　　③g<u>e</u>t　　④b<u>ea</u>t
2 ☐ gu<u>e</u>ss　①qu<u>e</u>stion ②qu<u>ee</u>n ③gu<u>e</u>st ④qu<u>e</u>st
3 ☐ l<u>e</u>ft　　①h<u>e</u>lp　　②t<u>e</u>st　　③n<u>e</u>xt　　④th<u>e</u>re
4 ☐ w<u>ea</u>r　　①h<u>ea</u>r　　②f<u>ea</u>ther ③h<u>ea</u>ven ④p<u>ea</u>r
5 ☐ <u>e</u>nter　①<u>E</u>nglish ②<u>e</u>mpty ③<u>e</u>nd　　④<u>e</u>very

下面這個房間裡擺滿了各式各樣的家具，都跟母音[ɛ]有關喔！請找出
圖中七項家具，將它們的名字填在空格裡。

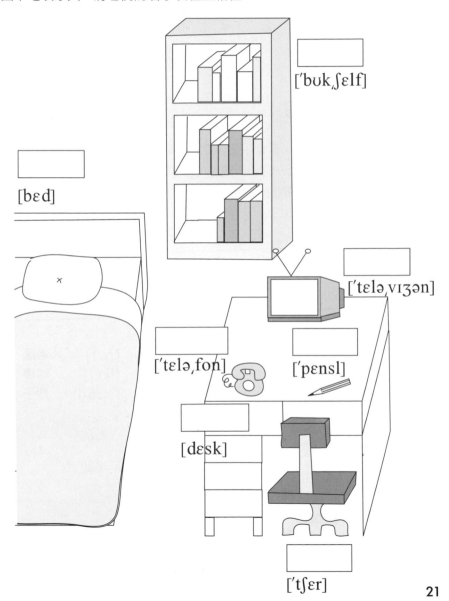

['bʊkˌʃɛlf]

[bɛd]

['tɛləˌvɪʒən]

['tɛləˌfon]

['pɛnsl]

[dɛsk]

['tʃɛr]

21

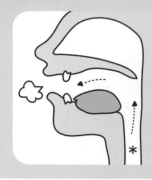

5 [æ] 的發音

嘴巴上下、左右大大張開喔「ㄟ」！

 怎麼發音呢

長得很像蝴蝶的[æ]，發音很容易跟[ɛ]搞混喔！先發出[ɛ]的音，再調整嘴形，上下開口大一點。舌頭從[ɛ]的位置往下移。接著舌頭稍微用力，才能發出與[ɛ]不同的蝴蝶音喔！

CD

track
5

 邊聽邊練習單字跟句子的發音喔

＜大聲唸出單字喔＞

❶ cat　　[kæt]　　貓　　　　❹ rat　　[ræt]　　老鼠
❷ ax　　 [æks]　　斧頭　　　 ❺ bat　　[bæt]　　球棒
❸ ant　　[ænt]　　螞蟻　　　 ❻ sand　 [sænd]　 沙子

＜大聲唸出句子喔＞

❶ Cats catch rats.
　　　　　　　　貓捉老鼠。
❷ My dad is mad.
　　　　　　　　我爸爸在生氣。
❸ Jack asks Mathew to fax him.
　　　　　　　　傑克要求馬修傳真給他。

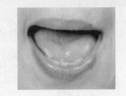

[æ]

 ## 比較[æ]跟[ʌ]的發音

[æ]是個力量很強大的母音，發音時需要嘴角和舌頭都用力，相對的[ʌ]不需要太用力。請試著比較下面四組發音，感受一下在發這兩個母音時所需要力量的不同。

CD

track
5

	[æ]			[ʌ]	
❶ bat	[bæt]	球棒	but	[bʌt]	但是
❷ cap	[kæp]	棒球帽	cup	[kʌp]	杯子
❸ fan	[fæn]	歌迷	fun	[fʌn]	有趣
❹ apple	[ˈæpl]	蘋果	couple	[ˈkʌpl]	一雙

 ## 玩玩嘴上體操

Fat frogs fly past fast and the last exactly lapses into a gap at last.

胖青蛙一隻隻很快地飛過去，結果最後一隻正巧掉進縫裡。

23

10倍速音標記憶網——哪些字母或字母組合唸成[æ]

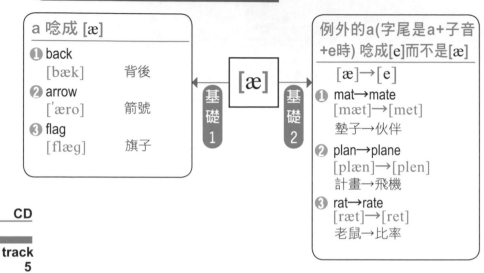

a 唸成 [æ]
❶ back [bæk] 背後
❷ arrow [ˈæro] 箭號
❸ flag [flæg] 旗子

[æ]

基礎 1

基礎 2

例外的a(字尾是a+子音+e時) 唸成[e]而不是[æ]
[æ]→[e]
❶ mat→mate [mæt]→[met] 墊子→伙伴
❷ plan→plane [plæn]→[plen] 計畫→飛機
❸ rat→rate [ræt]→[ret] 老鼠→比率

CD

track
5

 ## 1 聽聽看

聽聽看,把聽到的單字圈出來。

1. bat / bet （球棒 / 打賭）

2. land / lend （土地 / 借出）

3. tap / tip （輕拍 / 訣竅）

4. dad / dead （爸爸 / 死亡）

5. face / fast （臉孔 / 快速）

6. mask / make （面具 / 使得）

7. past / pace （過去 / 步伐）

8. last / late （最後 / 遲的）

9. Sam / same （山姆 / 相同）

10. task / taste （工作 / 嚐）

答案1.bat 2.land 3.tip 4.dad 5.fast 6.make
7.past 8.last 9.same 10.task

字母 a [æ]遲到了,但是每個單字只有一個地方願意讓字母 a [æ]插隊,
字母 a [æ]要找自己的正確座位,這樣才能拼出正確的單字。

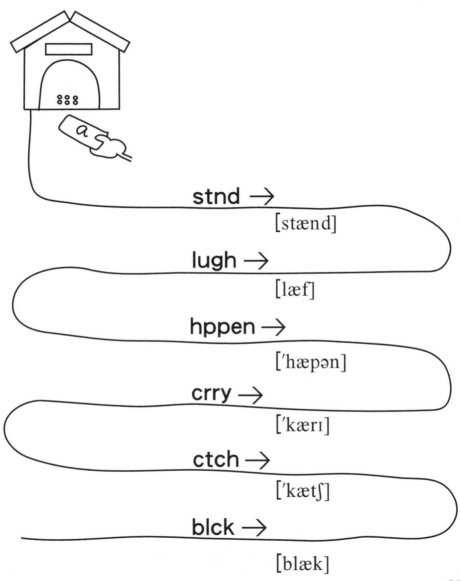

stnd →
[stænd]

lugh →
[læf]

hppen →
['hæpən]

crry →
['kærɪ]

ctch →
['kætʃ]

blck →
[blæk]

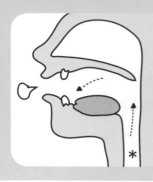

6 [ɑ] 的發音

坐在牙醫的椅子上，嘴巴張大大的「啊」。

 怎麼發音呢

[ɑ]就像是看牙醫時，醫生叫你把嘴巴張開，「阿～」。舌頭的位置最低，但不只是平放，後半部要微微上升。嘴巴大大張開，比[æ]還要大。舌頭不用像[æ]一樣用力，輕鬆發出[ɑ]的音就可以了。

 邊聽邊練習單字跟句子的發音喔

<大聲唸出單字喔>

❶ top	[tɑp]	頂端	❹ socks	[sɑks]	襪子
❷ shop	[ʃɑp]	商店	❺ knock	[nɑk]	敲
❸ hot	[hɑt]	熱	❻ box	[bɑks]	箱子

<大聲唸出句子喔>

❶ The pot is hot.

那個水壺很燙。

❷ The frog is calm in the pond.

青蛙安安靜靜待在池塘裡。

❸ Her column is on the top of this page.

她的專欄在這頁的最上面。

CD

track 6

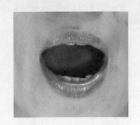

[ɑ]

 比較[ɑ]跟[ɑr]的發音

[ɑr]就是在[ɑ]後面多加上一個捲舌音,請比較下面各組發音,感受一下
多了[r]和少了[r]的發音有什麼不同。

CD

track
6

	[ɑ]				[ɑr]	
❶ father	[ˈfɑðɚ]	父親		farther	[ˈfɑrðɚ]	更遠
❷ lodge	[lɑdʒ]	房子		large	[lɑrdʒ]	廣闊
❸ pot	[pɑt]	壺		part	[pɑrt]	一部份
❹ stop	[stɑp]	停止		start	[stɑrt]	開始

 玩玩嘴上體操

**If one doctor doctors another
doctor, does the doctor
who doctors the doctor doctor
the doctor the way the
doctor he is doctoring doctors?**

如果有個醫生醫治另一個醫生,那麼醫
治這個醫生的醫生會不會以醫治其他醫
生的醫法來醫治這個醫生?

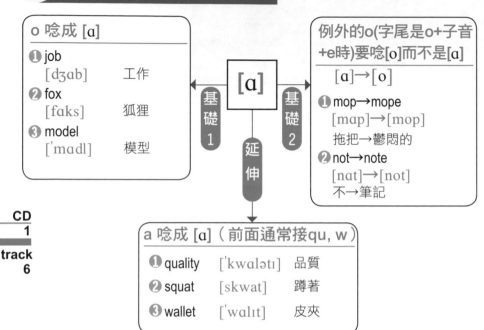

o 唸成 [ɑ]

❶ job
  [dʒɑb]　　工作
❷ fox
  [fɑks]　　狐狸
❸ model
  [ˈmɑdl]　　模型

例外的o(字尾是o+子音+e時)要唸[o]而不是[ɑ]

[ɑ]→[o]

❶ mop→mope
  [mɑp]→[mop]
  拖把→鬱悶的
❷ not→note
  [nɑt]→[not]
  不→筆記

[ɑ]

基礎1　延伸　基礎2

a 唸成 [ɑ] (前面通常接qu, w)

❶ quality　　[ˈkwɑlətɪ]　品質
❷ squat　　[skwɑt]　蹲著
❸ wallet　　[ˈwɑlɪt]　皮夾

CD
1
track
6

1 聽聽看

聽聽看，把聽到的單字圈起來。

1 dull / doll
（沉悶的 / 洋娃娃）

2 collar / color
（領子 / 顏色）

3 shut / shop
（關閉 / 店家）

4 block / blood
（街區 / 血液）

5 cop / cup
（警察 / 杯子）

6 look / lock
（看著 / 鎖上）

7 box / bus
（箱子 / 公車）

8 father / mother
（父親 / 母親）

答案1.doll 2.color 3.shop 4.blood 5.cop 6.lock 7.bus 8. mother

下面插圖的英文單字藏在哪裡呢？找找看，一個個圈出來，並寫在合適的圖案。

s	h	o	p	b	d	e	c	f	i
m	l	p	r	o	k	o	h	r	s
b	d	i	g	m	u	s	i	e	o
o	d	o	c	t	o	r	f	t	c
b	e	w	m	s	o	p	v	b	c
o	o	a	b	o	x	z	g	l	e
t	t	t	s	e	u	b	v	h	r
t	d	c	m	c	l	o	c	k	w
l	p	h	f	j	k	o	y	v	z
e	e	t	d	o	l	l	a	r	d

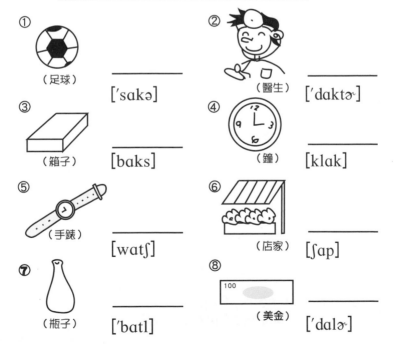

① （足球） _____ ['sakə]

② （醫生） _____ ['daktɚ]

③ （箱子） _____ [baks]

④ （鐘） _____ [klak]

⑤ （手錶） _____ [watʃ]

⑥ （店家） _____ [ʃap]

⑦ （瓶子） _____ ['batḷ]

⑧ （美金） _____ ['dalɚ]

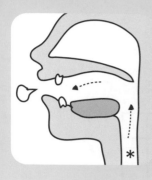

7 [ɔ] 的發音

嘴巴裡面好像有一個黑洞窟！

喔喔喔喔

 怎麼發音呢

看看[ɔ]的長相是不是很像開了口的[o]啊？沒錯，[ɔ]的嘴形就像打開的[o]，比[o]大一點，舌頭的後半部雖然上升，但是位置比[o]還要低。[ɔ]跟[o]的嘴形跟舌頭位置是不一樣的喔！

CD

track
7

 邊聽邊練習單字跟句子的發音喔

＜大聲唸出單字喔＞

❶ fault　　[fɔlt]　　錯　　　　❹ call　　[kɔl]　　叫
❷ naughty　[ˈnɔtɪ]　調皮　　　❺ bald　　[bɔld]　秃頭
❸ law　　　[lɔ]　　法律　　　❻ cost　　[kɔst]　花費

＜大聲唸出句子喔＞

❶ Let's play seesaw.
　　　　　　我們來玩翹翹板吧！
❷ Paul is wrong.
　　　　　　保羅錯了。
❸ The tall girl saw some fog.
　　　　　　高個子的女孩看到一些霧。

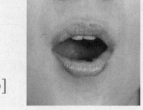

[ɔ]

 比較[ɔ]跟[ɑ]的發音

[ɔ]的嘴形比[ɑ]還小，舌頭比較放鬆，送氣時有點向內縮，在尾端忽然
停住的感覺，不像[ɑ]那樣將氣完全的送出口。

CD

track 7

	[ɔ]				[ɑ]	
❶ hall	[hɔl]	大廳	hot	[hɑt]	熱
❷ cause	[ˈkɔz]	原因	cop	[kɑp]	警察
❸ lost	[lɔst]	遺失	lot	[lɑt]	籤
❹ dog	[dɔg]	狗	dot	[dɑt]	點

 玩玩嘴上體操

Offer a proper cup of coffee in a proper coffee cup.
適當的咖啡杯提供適當的咖啡。

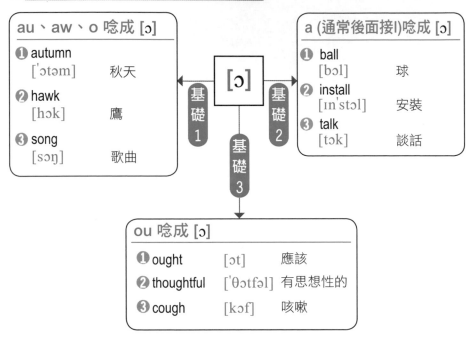

au、aw、o 唸成 [ɔ]

❶ autumn
　[ˈɔtəm]　　秋天

❷ hawk
　[hɔk]　　　鷹

❸ song
　[sɔŋ]　　　歌曲

a (通常後面接l)唸成 [ɔ]

❶ ball
　[bɔl]　　　球

❷ install
　[ɪnˈstɔl]　安裝

❸ talk
　[tɔk]　　　談話

[ɔ]

基礎1

基礎2

基礎3

ou 唸成 [ɔ]

❶ ought　　　[ɔt]　　　應該

❷ thoughtful　[ˈθɔtfəl]　有思想性的

❸ cough　　　[kɔf]　　　咳嗽

1 填填看

唸唸看，找出母音發音、拼法跟格子裡一樣的單字，並填進去。小心！有些單字沒有空格可以對應喔！

coffee saw daughter store wrong sport problem
strong office talk autumn baseball also
water November morning dog often draw sorry

1.c<u>a</u>ll	
2.b<u>o</u>ss	
3.c<u>au</u>se	
4.l<u>aw</u>	

答案1.talk; baseball; also; water 2.coffee; store; wrong; sport; strong;
office; morning; dog; often; sorry 3.daughter; a utumn 4.saw; draw

小孩迷路了，請順著單字正確的母音音標，就可以替小男孩找到媽媽了！

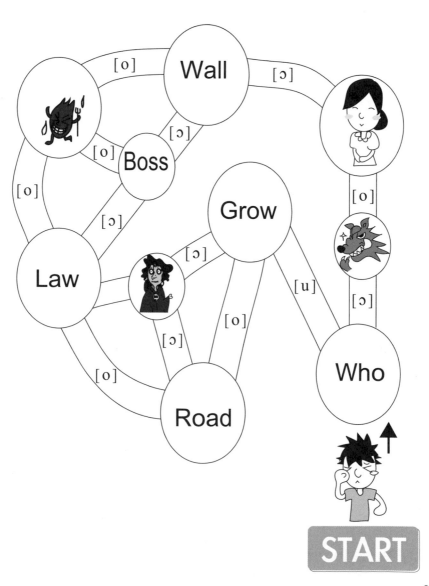

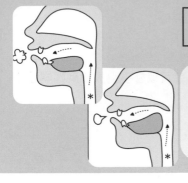

8 [o] 的發音

看到貓抓老鼠的一瞬間，發出一聲「喔」！

怎麼發音呢

音標[o]跟字母O的外型很像，發音時嘴唇成O型，開口比吹蠟燭的[u]大一點。舌頭的後半部往後往上升，位置比[u]低一點。在英語中，長音[o]的發音部位通常會緩緩滑向[u]！

CD

―――

track
8

邊聽邊練習單字跟句子的發音喔

＜大聲唸出單字喔＞

❶ coat　　[kot]　　大衣
❷ goat　　[got]　　山羊
❸ note　　[not]　　筆記

❹ vote　　[vot]　　投票
❺ sold　　[sold]　　賣
❻ slow　　[slo]　　慢的

＜大聲唸出句子喔＞

❶ The notebook is sold.
　　　　　　這台筆記型電腦已經賣出。

❷ The stone rolled to the road.
　　　　　　石頭滾到道路上。

❸ Please turn off the oven.
　　　　　　請關掉瓦斯爐。

[o]

[u]

 ## 比較[o]跟[ɔ]的發音

[o]的嘴形用力縮成一個小圓形，發音比較長，送氣也比較完全。而[ɔ]的嘴形張得比較大，嘴角也比較放鬆，發音較短促，送氣較不完全，有種突然停止的感覺。

CD

track 8

		[o]				[ɔ]	
❶	cold	[kold]	冷	call	[kɔl]	叫
❷	told	[told]	告訴	tall	[tɔl]	高
❸	fold	[fold]	折疊	fall	[fɔl]	秋天
❹	boat	[bot]	船	ball	[bɔl]	球

 ## 玩玩嘴上體操

Old oily Ollie oils old oily autos.
又老又油腔滑調的歐力，給又舊又油的汽車加油。

10倍速音標記憶網——哪些字母或字母組合唸成[o]

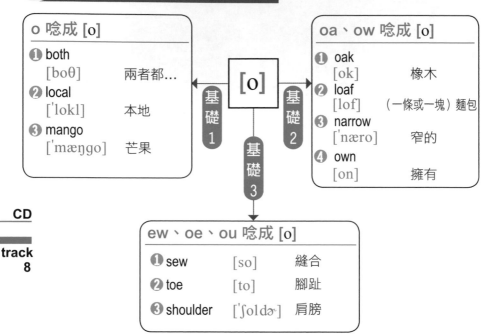

o 唸成 [o]

❶ both
　[boθ]　　　兩者都...
❷ local
　[ˈlokl]　　　本地
❸ mango
　[ˈmæŋgo]　芒果

[o]

基礎1

基礎2

基礎3

oa、ow 唸成 [o]

❶ oak
　[ok]　　　　橡木
❷ loaf
　[lof]　　（一條或一塊）麵包
❸ narrow
　[ˈnæro]　　窄的
❹ own
　[on]　　　擁有

ew、oe、ou 唸成 [o]

❶ sew　　　[so]　　　縫合
❷ toe　　　[to]　　　腳趾
❸ shoulder　[ˈʃoldɚ]　肩膀

CD

track
8

 1 聽聽看

聽聽看，將唸到的單字圈起來。

1 hope / hop （希望 / 跳躍）

2 low / law （低的 / 法律）

3 boat / bought （船隻 / 買）

4 rope / rod （繩子 / 棍子）

5 lose / rose （失去 / 玫瑰）

6 clause / clothe （子句 / 穿衣）

7 born / bone （生育 / 骨頭）

8 cost / coast （花費 / 海岸）

9 almost / also （幾乎 / 也）

10 know / not （知道 / 不）

答案1.hope 2.low 3.bought 4.rope 5.rose 6.clothe 7.bone 8.cost
　　9.also 10.know

2 玩玩看

下列單字雖然發音都是[o]，但是拼法卻大不相同呢，請根據音標發音寫出正確的單字。

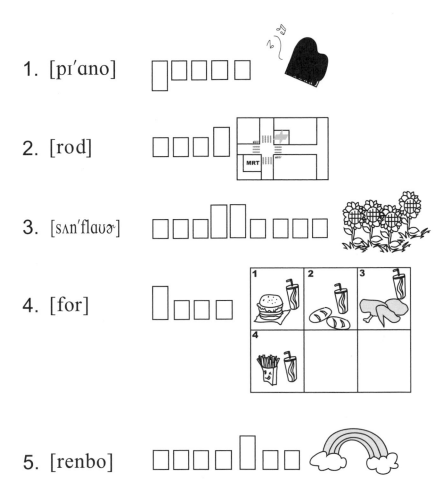

1. [pɪ'ano]　□□□□□

2. [rod]　□□□□

3. [sʌn'flaʊɚ]　□□□□□□□□□

4. [for]　□□□□

5. [renbo]　□□□□□□□

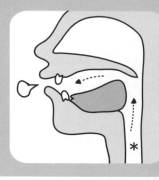

9 [ʊ] 的發音

嘴唇圓圓的向前凸出，book的oo。

 怎麼發音呢

[ʊ]跟[u]不只長得很像，發音方式也很類似。首先[ʊ]的嘴形比[u]大一點，舌頭後半部上升，嘴唇與舌頭放鬆，振動聲帶，就可以輕鬆發出一個短音的[ʊ]了。

 邊聽邊練習單字跟句子的發音喔

<大聲唸出單字喔>

❶ pudding [ˈpʊdɪŋ] 布丁　　❹ wool [wʊl] 羊毛
❷ put [pʊt] 放置　　❺ look [lʊk] 看
❸ pull [pʊl] 拉　　❻ would [wʊd] 將會

<大聲唸出句子喔>

❶ Little red riding hood put puddings in the woods.
小紅帽把布丁放在樹林裡。

❷ He looked at his foot.
他看著自己的腳。

❸ I could cook some food.
我可以煮些食物。

[ʊ]

比較[ʊ]跟[o]的發音

[ʊ]和[o]比較起來，發音較短促、送氣比較不完全，有種發音到最後時忽然停止送氣的感覺、嘴形比較扁、舌頭的位置比較高。

CD

track 9

[ʊ]			[o]		
❶ good	[gʊd]	好	gold	[gold]	黃金
❷ could	[kʊd]	可以	cold	[kold]	冷
❸ book	[bʊk]	書	boat	[bot]	船
❹ foot	[fʊt]	腳	fold	[fold]	折疊

玩玩嘴上體操

How much wood would a woodchuck chuck if a woodchuck could chuck wood?
如果土撥鼠會撥弄木頭，那土撥鼠會撥弄多少木頭？

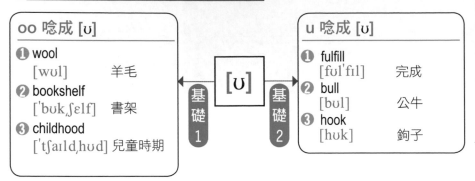

oo 唸成 [ʊ]

❶ wool
[wʊl]　　羊毛
❷ bookshelf
[ˈbʊkˌʃɛlf]　書架
❸ childhood
[ˈtʃaɪldˌhʊd] 兒童時期

[ʊ]

基礎1　基礎2

u 唸成 [ʊ]

❶ fulfill
[fʊlˈfɪl]　完成
❷ bull
[bʊl]　　公牛
❸ hook
[hʊk]　　鉤子

1 填填看

唸唸看，找出母音發音、拼法跟格子裡一樣的單字，並填進去。小心！有些單字沒有空格可以對應喔！

put　tooth　pull　should　during　sure　poor
good　educate　push　blood　tour　blue
stood　group　neighborhood　rule　cookie

1. book	
2. could	
3. full	

答案 1.poor; good; stood; neighborhood; cookie 2.should; tour; 3.put; pull; during; sure; push

2 玩玩看

這是一個跳棋的棋盤,請將字母當成跳棋,跟著箭頭指示,寫出根據
跳棋路線找到的單字。

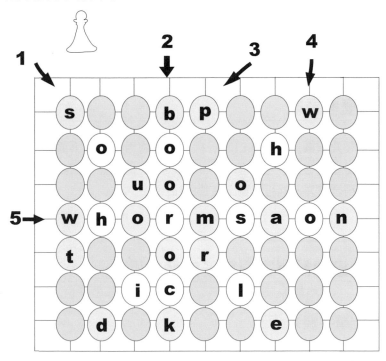

1 例:[sʊr] `s` `u` `r` `e`

2 [bʊk] ☐ ☐ ☐

3 [pʊt] ☐ ☐ ☐

4 [wʊd] ☐ ☐ ☐

5 [wʊmən] ☐ ☐ ☐ ☐ ☐

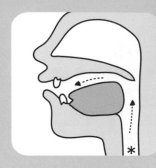

10 [u] 的發音

吹口哨的嘴形。

track
10

 怎麼發音呢

首先將嘴唇嘟成圓形，像吹口哨一樣。接著將舌頭的後半部往後往上
延伸，但是沒有碰到軟顎，留下一條細細的通道。最後振動聲帶，嘴
唇與舌頭稍微用力，就可以發出長長的[u]了。

 邊聽邊練習單字跟句子的發音喔

＜大聲唸出單字喔＞

❶ tooth	[tuθ]	牙齒	❹ room	[rum]	房間
❷ cool	[kul]	酷	❺ zoo	[zu]	動物園
❸ who	[hu]	誰	❻ rule	[rul]	規則

＜大聲唸出句子喔＞

❶ Who use the tools in my room?
　　　　誰用了我房裡的工具？

❷ The fool shoots his shoes into the pool.
　　　　那個傻瓜把鞋子射入游泳池裡。

❸ The moon is blue through the brook.
　　　　從溪裡看到的月亮是藍色的。

[u]

 比較[u]跟[ʊ]的發音

[u]和[ʊ]長的很像,兩者最主要的差異就是音的長短,[ʊ]是短音送氣較短促,嘴形較大,嘴唇與舌頭放鬆,不像[u]那麼圓。而[u]的發音比較長,可以把氣送完全。

CD

track
10

	[u]				[ʊ]		
❶	cool	[kul]	酷	could	[kʊd]	能夠
❷	wound	[wund]	傷口	wood	[wʊd]	木材
❸	pool	[pul]	游泳池	put	[pʊt]	放置
❹	shoe	[ʃu]	鞋子	should	[ʃʊd]	應該

 玩玩嘴上體操

If a dog chews shoes, whose shoes does he choose?

如果狗會咬鞋子,牠會選擇誰的
鞋子咬?

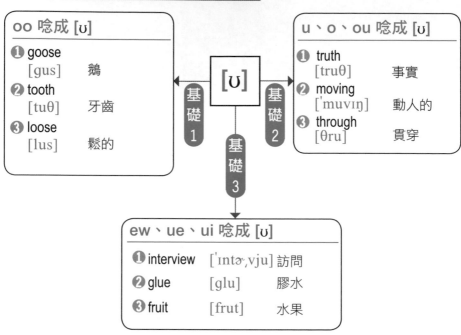

oo 唸成 [ʊ]

❶ goose
[gus]　鵝
❷ tooth
[tuθ]　牙齒
❸ loose
[lus]　鬆的

[ʊ]

基礎1　　基礎2　　基礎3

u、o、ou 唸成 [ʊ]

❶ truth
[truθ]　事實
❷ moving
['muvɪŋ]　動人的
❸ through
[θru]　貫穿

ew、ue、ui 唸成 [ʊ]

❶ interview　['ɪntɚ,vju]　訪問
❷ glue　[glu]　膠水
❸ fruit　[frut]　水果

1 唸唸看

唸唸看，將劃線部份發音相同的打勾。

1 ☐ f<u>oo</u>d / g<u>oo</u>d （食物 / 好的）

2 ☐ c<u>oo</u>l / c<u>oo</u>k （涼爽的 / 廚師）

3 ☐ m<u>oo</u>d / m<u>u</u>d （情緒 / 泥土）

4 ☐ t<u>oo</u> / t<u>oo</u>k （也 / 取得）

5 ☐ bl<u>ue</u> / cl<u>ue</u> （藍色 / 線索）

6 ☐ gr<u>ou</u>p / gl<u>ue</u> （團體 / 膠水）

7 ☐ sh<u>oe</u> / sh<u>ou</u>ld （鞋子 / 應該）

8 ☐ r<u>u</u>de / r<u>oo</u>t （粗魯的 / 根部）

9 ☐ n<u>oo</u>n / s<u>oo</u>n （中午 / 快速）

10 ☐ b<u>oo</u>t / b<u>oo</u>k （靴子 / 書本）

答案 5. 6. 8. 9

2 玩玩看

學過音標以後，當然想知道自己到底記了多少，那麼就來看看左邊的音標，它們各是那些單字呢？請填在右邊喔！

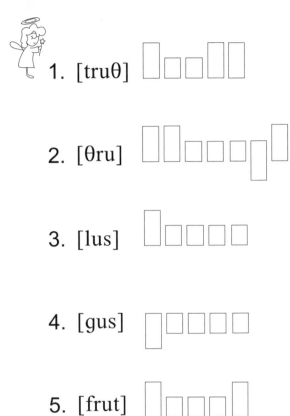

1. [truθ]

2. [θru]

3. [lus]

4. [gus]

5. [frut]

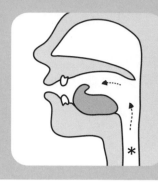

11 [ɝ] 的發音

嘴巴不用太開，舌頭捲起來，小鳥「兒」的「兒」。

CD

track
11

 怎麼發音呢

看[ɝ]的長相是不是很像阿拉伯數字3長了尾巴呢？這個母音就類似中文的ㄓ、ㄔ、ㄕ一樣，是捲舌音，常使用在重音節。先嘴唇微微張開，把舌頭捲起來，再試著發出[ə]，就可以發出[ɝ]這個捲舌音了。

 邊聽邊練習單字跟句子的發音喔

<大聲唸出單字喔>

❶ turtle ['tɝtl] 烏龜
❷ bird [bɝd] 鳥
❸ dirt [dɝt] 灰塵
❹ early ['ɝlɪ] 早
❺ nervous ['nɝvəs] 緊張
❻ prefer [prɪ'fɝ] 較喜歡⋯

<大聲唸出句子喔>

❶ This is her thirteenth birthday.
這是她十三歲的生日。

❷ The girl heard a bird singing.
女孩聽到鳥叫。

❸ The dirt made me nervous.
灰塵讓我很緊張。

[ɝ]

 比較[ɝ]跟[ɚ]的發音

[ɝ]和[ɚ]都是捲舌音，嘴形類似，發音不同的關鍵點在舌頭喔！[ɝ]的舌頭後捲較多，所以聽起來捲舌音比較重。請捲起舌頭試試看捲舌輕重吧！

CD

track 11

	[ɝ]			[ɚ]	
❶ serve	[sɝv]	服務	center	[ˈsɛntɚ]	中心
❷ stir	[stɝ]	攪拌	polar	[polɚ]	極地的
❸ pearl	[pɝl]	珍珠	comforting	[ˈkʌmfɚtɪŋ]	安慰的
❹ world	[wɝld]	世界	eastward	[ˈistwɚd]	向東的

 玩玩嘴上體操

Early bird learned a new word.
I heard the bird blurb the word.
Blur, blur, blur.
早起的鳥兒學了個新字，
我聽到鳥兒唱著個新字，
布勒布勒布勒。

BLUR~
BLUR~
BLUR~

47

10倍速音標記憶網——哪些字母或字母組合唸成[ɝ]

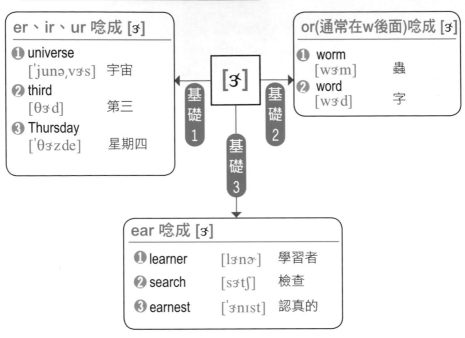

er、ir、ur 唸成 [ɝ]

❶ universe
['junəˌvɝs]　宇宙
❷ third
[θɝd]　　　第三
❸ Thursday
['θɝzde]　　星期四

[ɝ]

基礎 1

基礎 2

基礎 3

or(通常在w後面)唸成 [ɝ]

❶ worm
[wɝm]　　蟲
❷ word
[wɝd]　　字

ear 唸成 [ɝ]

❶ learner　　　[lɝnɚ]　　學習者
❷ search　　　[sɝtʃ]　　檢查
❸ earnest　　　['ɝnɪst]　　認真的

---

　1 選選看

唸唸看，將劃線部份為單字重音的打勾。

1 ☐ mu<u>r</u>der （謀殺）　　　**6** ☐ teach<u>er</u> （老師）

2 ☐ s<u>ur</u>prise （驚喜）　　　**7** ☐ ent<u>er</u> （進入）

3 ☐ l<u>ear</u>n （學習）　　　　**8** ☐ ret<u>ur</u>n （返回）

4 ☐ pref<u>er</u> （喜愛）　　　　**9** ☐ thi<u>r</u>teen （十三）

5 ☐ n<u>er</u>vous （緊張）　　　**10** ☐ p<u>er</u>haps （也許）

　　　　　　　　　　　　答案1. 3. 4. 5. 8

2 玩玩看

左邊的拼圖上的音標弄亂了，請幫它們找到單字拼法正確的夥伴，重新將它們連在一起。

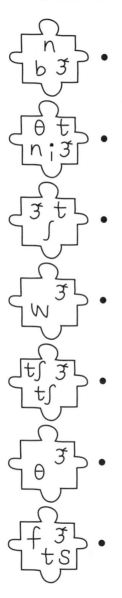

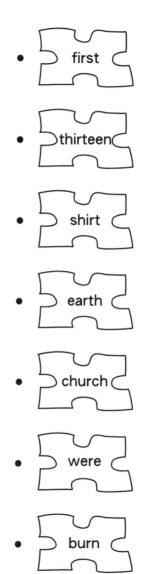

12 [ɚ] 的發音

老婆害喜了，
「嗯嗯嗯」！

嗯！

 怎麼發音呢

[ɚ]是個捲舌音，要發出[ɚ]這個音，首先要把舌頭向後捲，舌尖頂放在快到軟顎的地方，舌頭的位置壓低，下巴壓低，就可以發出一個完美的[ɚ]了。

 邊聽邊練習單字跟句子的發音喔

＜大聲唸出單字喔＞

❶ layer　['leɚ]　　層
❷ modern　['mɑdɚn]　現代的
❸ outer　['aʊtɚ]　外部的
❹ over　['ovɚ]　　超過
❺ sister　['sɪstɚ]　妹妹
❻ finger　['fɪŋgɚ]　手指

＜大聲唸出句子喔＞

❶ The popular scholar sponsored the venture.
　　那位受歡迎的學者，贊助這次的冒險行動。

❷ The wizards gathered altogether.
　　巫師們通通聚在一起。

❸ The author is eager to go across the border.
　　那位作者很渴望穿過國界。

[ɚ]

 比較[ɚ]跟[ɝ]的發音

[ɚ]和[ɝ]都是捲舌音，嘴形類似，發音不同的關鍵點在舌頭喔！[ɚ]的舌頭後捲較少，所以聽起來捲舌音沒那麼重。請捲起舌頭試試看捲舌輕重吧！

CD

track 12

	[ɚ]				[ɝ]	
❶ inner	[ˈɪnɚ]	內部	her	[hɝ]	她
❷ effort	[ˈɛfɚt]	努力	hurt	[hɝt]	傷
❸ eastern	[ˈistɚn]	東方	learn	[lɝn]	學習
❹ survey	[sɚˈve]	調查	nervous	[ˈnɝvəs]	緊張

 玩玩嘴上體操

The vigor shepherd wandered in the wilderness.
那位精神飽滿的牧羊人在荒野中漫步。

51

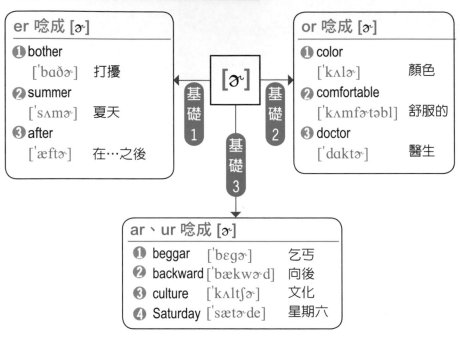

10倍速音標記憶網——哪些字母或字母組合唸成 [ɚ]

er 唸成 [ɚ]

❶ bother
['bɑðɚ]　打擾

❷ summer
['sʌmɚ]　夏天

❸ after
['æftɚ]　在…之後

[ɚ]

基礎 1

基礎 2

基礎 3

or 唸成 [ɚ]

❶ color
['kʌlɚ]　　顏色

❷ comfortable
['kʌmfɚtəbl]　舒服的

❸ doctor
['dɑktɚ]　　醫生

ar、ur 唸成 [ɚ]

❶ beggar　['bɛgɚ]　　乞丐
❷ backward ['bækwɚd]　向後
❸ culture　['kʌltʃɚ]　　文化
❹ Saturday ['sætɚde]　　星期六

 1 唸唸看

請試著唸唸看題目的發音，再選出和題目發音相同的答案。

1 ＿＿ f<u>ur</u>　①h<u>er</u>　②out<u>er</u>　③col<u>or</u>
2 ＿＿ lay<u>er</u>　①h<u>ur</u>t　②s<u>ur</u>vey　③l<u>ear</u>n
3 ＿＿ b<u>ir</u>d　①both<u>er</u>　②vig<u>or</u>　③s<u>er</u>ve
4 ＿＿ inn<u>er</u>　①f<u>or</u>　②s<u>ir</u>　③bord<u>er</u>
5 ＿＿ eff<u>ort</u>　①<u>o</u>ver　②n<u>ur</u>se　③p<u>ur</u>ple

答案1.① 2.② 3.③ 4.③ 5.①

52

2 玩玩看

學過音標當然要知道自己到底記了多少，那麼就來看看左邊的音標，
它們各是那些單字呢？請填在右邊喔！

1.['kʌlɚ]　□ □ □ □ □

2.['istɚn]　□ □ □ □ □ □ □

3.['sʌmɚ]　□ □ □ □ □

4.['kʌltʃ]　□ □ □ □ □ □

5.['mʌðɚ]　□ □ □ □ □ □

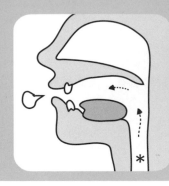

13 [ə] 的發音

「呃」！今天吃太飽了。

怎麼發音呢

[ə]的發音位置是所有母音最為放鬆的。因為它的嘴形微開,不大也不小。舌頭的位置在口腔中央,不高也不低,不前也不後。只要振動聲帶,就可以輕鬆發出[ə]的音囉!這也難怪[ə]通常出現在非重音的音節呢!

邊聽邊練習單字跟句子的發音喔

<大聲唸出單字喔>

❶ police [pəˈlis] 警察
❷ ago [əˈgo] 之前
❸ heaven [ˈhɛvən] 天堂
❹ us [əs] 我們
❺ offend [əˈfɛnd] 冒犯
❻ holiday [ˈhɑlə,de] 假日

<大聲唸出句子喔>

❶ The department store is about to open.
　　　　　　　百貨公司就快要開門了。

❷ Both of us look at the composition above.
　　　　　　　我們看著上面那篇文章。

❸ Seven plus eleven is eighteen.
　　　　　　　七加十一等於十八。

[ə]

 比較[ə]跟[æ]的發音

[ə]和[æ]像是鬆弛和緊繃的皮球,發音力道完全相反。[ə]的發音位置最放鬆,像不經意得打了個嗝,而[æ]最用力,像刻意學鴨子叫一樣,用力得拉開嘴壓低舌頭。

CD

track
13

	[ə]			[æ]	
❶ across	[əˈkrɔs]	穿越	actor	[ˈæktɚ]	演員
❷ polite	[pəˈlaɪt]	禮貌	palace	[ˈpælɪs]	皇宮
❸ apologize	[əˈpɑləˌdʒaɪz]	道歉	apple	[ˈæpl]	蘋果

 玩玩嘴上體操

Sicken chicken in the kitchen has taken the medicine.
廚房裡那隻得病的雞已經吃
了藥了。

10倍速音標記憶網——哪些字母或字母組合唸成 [ə]

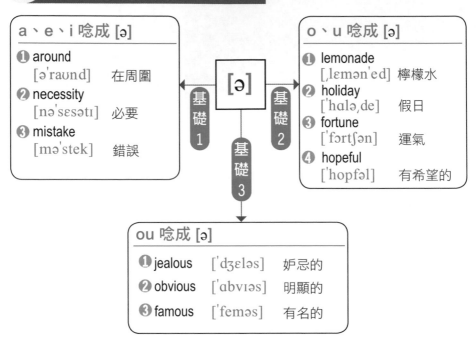

a、e、i 唸成 [ə]

❶ around
[əˈraʊnd] 在周圍
❷ necessity
[nəˈsɛsətɪ] 必要
❸ mistake
[məˈstek] 錯誤

[ə]

基礎 1

基礎 2

基礎 3

o、u 唸成 [ə]

❶ lemonade
[ˌlɛmənˈed] 檸檬水
❷ holiday
[ˈhɑlə͵de] 假日
❸ fortune
[ˈfɔrtʃən] 運氣
❹ hopeful
[ˈhopfəl] 有希望的

ou 唸成 [ə]

❶ jealous [ˈdʒɛləs] 妒忌的
❷ obvious [ˈɑbvɪəs] 明顯的
❸ famous [ˈfeməs] 有名的

1 唸唸看

唸唸看，劃線部份如果兩個單字發音相同就打勾。

1 ☐ again / across
（再次 / 越過）

2 ☐ us / up
（我們 / 上）

3 ☐ focus / excuse
（專注 / 藉口）

4 ☐ sadness / careless
（傷心 / 不小心）

5 ☐ different / moment
（不同的 / 時刻）

6 ☐ position / possible
（位置 / 可能的）

7 ☐ important / restaurant
（重要的 / 餐廳）

8 ☐ telephone / television
（電話 / 電視）

答案 1. 5. 7. 8

2 玩玩看

學過音標當然要知道自己到底記了多少，那麼就來看看左邊的音標，
它們各是那些單字呢？請填在右邊喔！

1.[ˈdʒɛləs]

2.[məˈstek]

3.[lɛmənˈed]

4.[pəˈlaɪt]

5.[təˈde]

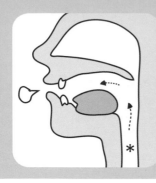

14 [ʌ] 的發音

「啊！」錢包不見了！

啊！

 怎麼發音呢

[ʌ]與[ə]的發音位置相當接近，舌頭同樣放在口腔中央，跟[ɔ]差不多低。跟[ə]不同的地方是，[ʌ]比較常出現在重音音節。

CD

track
14

 邊聽邊練習單字跟句子的發音喔

＜大聲唸出單字喔＞

❶ cut　　[kʌt]　　剪
❷ duck　[dʌk]　　鴨子
❸ lucky　[ˈlʌkɪ]　幸運的

❹ fun　　[fʌn]　　有趣的
❺ button　[ˈbʌtn]　按鈕
❻ under　[ˈʌndɚ]　在…之下

＜大聲唸出句子喔＞

❶ The runner won with luck.
　　　　　短跑選手很幸運地贏了比賽。

❷ The hungry hunter ate the duck.
　　　　　飢腸轆轆的獵人吃了鴨子。

❸ A bug sunk in the cup.
　　　　　有隻蟲沉進杯中。

[ʌ]

 ## 比較[ʌ]跟[ɑ]的發音

[ʌ]比較含蓄，嘴形較小，發音位置較輕鬆不刻意，送氣方式也比較短促。[ɑ]十分的外放，把嘴巴張到最大，舌頭位置是所有母音最低，再完全送氣發出聲音。

CD

track
14

	[ʌ]	
❶ but	[bʌt]	但是
❷ hug	[hʌg]	擁抱
❸ nut	[nʌt]	堅果
❹ mother	[ˈmʌðɚ]	母親

	[ɑ]	
bomb	[bɑm]	炸彈
hop	[hɑp]	跳躍
not	[nɑt]	不是
father	[ˈfɑðɚ]	父親

 ## 玩玩嘴上體操

Big bog bugs love thick long logs.
大沼澤蟲喜歡又粗又長的木頭。

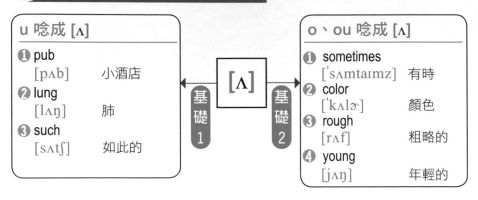

u 唸成 [ʌ]

❶ pub
　[pʌb]　　　小酒店
❷ lung
　[lʌŋ]　　　肺
❸ such
　[sʌtʃ]　　　如此的

基礎 1

[ʌ]

基礎 2

o、ou 唸成 [ʌ]

❶ sometimes
　['sʌmtaɪmz]　有時
❷ color
　['kʌlɚ]　　顏色
❸ rough
　[rʌf]　　　粗略的
❹ young
　[jʌŋ]　　　年輕的

1 唸唸看

唸唸看，將劃線部份發音不同的圈出來。

1 f<u>u</u>n r<u>u</u>n g<u>u</u>m s<u>u</u>n t<u>u</u>rn

2 l<u>o</u>ve gl<u>o</u>ve cl<u>o</u>ck w<u>o</u>n c<u>o</u>me

3 m<u>o</u>ney m<u>o</u>nkey m<u>o</u>ment m<u>o</u>ther M<u>o</u>nday

4 m<u>ou</u>th t<u>ou</u>ch d<u>ou</u>ble c<u>ou</u>sin en<u>ou</u>gh

5 f<u>u</u>ture h<u>u</u>ndred n<u>u</u>mber p<u>u</u>blic l<u>u</u>nch

答案1.turn 2.clock 3.moment 4.mouth 5.future

60

縱橫字謎：請根據音標以及箭頭的位置，將單字直向或橫向填入空格裡，完成下圖。

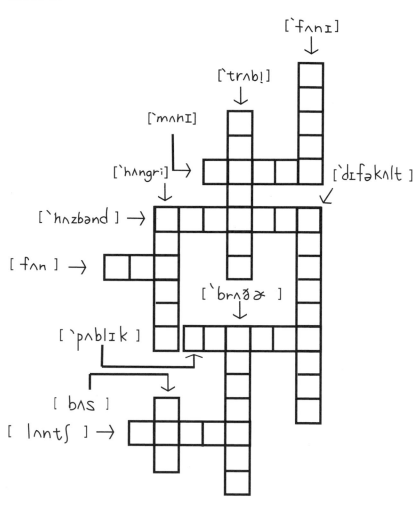

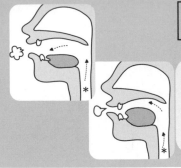

15 [aɪ] 的發音

我「愛」妳的
「愛」啦！

愛！

 怎麼發音呢

看看[aɪ]的形狀，是不是很像[ɑ]和[ɪ]的合體呢？沒錯，發音時也是這兩個母音的合體喔！首先先發[ɑ]的音，接著慢慢帶出緊接在後的[ɪ]，一個都不能漏。聽起來像中文的ㄞ就成功了！

CD

track
15

 邊聽邊練習單字跟句子的發音喔

<大聲唸出單字喔>

❶ ice   [aɪs]   冰   ❹ decide   [dɪˈsaɪd]   決定
❷ sky   [skaɪ]   天空   ❺ night   [naɪt]   晚上
❸ right   [raɪt]   右邊   ❻ behind   [bɪˈhaɪnd] 後面

<大聲唸出句子喔>

❶ The light is right behind you.
                燈就在你後面。

❷ Butterflies fly in the sky.
                蝴蝶在天上飛。

❸ The child cried all night.
                那個孩子整晚哭鬧。

62

[ɑ]

[ɪ]

比較[aɪ]跟[ɑ]的發音

[aɪ]和[ɑ]裡面都有[ɑ]，但是雙母音[aɪ]中的[ɑ]因為被[ɪ]給同化了，發音的位置比原本的[ɑ]低，所以在發[aɪ]時要把舌頭壓得比較低，讓嘴形也變得比較扁喔。

CD

track
15

	[aɪ]			[ɑ]	
❶ night	[naɪt]	晚上	not	[nɑt]	不是
❷ fire	[faɪr]	火	far	[fɑr]	遠的
❸ guide	[gaɪd]	導引	God	[gɑd]	神
❹ ice	[aɪs]	冰	ox	[ɑks]	牛

玩玩嘴上體操

I like the nice idea Mike provided.
我喜歡麥克提出的那個不錯的點子。

63

10倍速音標記憶網—— 哪些字母或字母組合唸成 [aɪ]

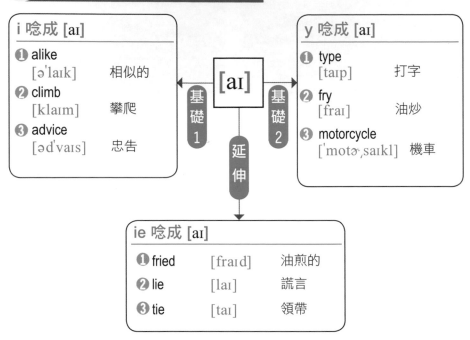

i 唸成 [aɪ]

❶ alike
[əˈlaɪk]　相似的
❷ climb
[klaɪm]　攀爬
❸ advice
[ədˈvaɪs]　忠告

[aɪ]

基礎 1

基礎 2

延伸

y 唸成 [aɪ]

❶ type
[taɪp]　打字
❷ fry
[fraɪ]　油炒
❸ motorcycle
[ˈmotəˌsaɪkl]　機車

ie 唸成 [aɪ]

❶ fried　[fraɪd]　油煎的
❷ lie　[laɪ]　謊言
❸ tie　[taɪ]　領帶

---

1 選選看

請將下列包含了母音發音[aɪ]的單字勾起來：

☐ slide　☐ slow　☐ lead　☐ see
☐ fly　☐ six　☐ glide　☐ polite
☐ flag　☐ bright　☐ right　☐ brand
☐ cat　☐ kite　☐ stamp　☐ fight
☐ pile　☐ stop　☐ buy　☐ thank
☐ light　☐ bank　☐ my　☐ die

答案 slide, fly, glide, polite, bright, right, kite, fight, pile,
　　　 buy, light, my, die

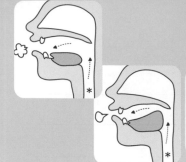

16 [aʊ] 的發音

腳去踢到桌腳了，痛死了！「阿嗚」！

阿嗚！

 怎麼發音呢

[aʊ]是由[a]和[ʊ]所組成的雙母音，所以，在發這個音時，要先張大嘴巴，發出[a]的音，再馬上把嘴巴縮小，發出[ʊ]的音，這樣把兩個母音依序發音，就是[aʊ]的正確發音啦！聽起來有點像踢到桌腳發出的哀嚎聲「阿嗚」喔！

 邊聽邊練習單字跟句子的發音喔

＜大聲唸出單字喔＞

❶ out　　[aʊt]　　　外面
❷ cloud　[klaʊd]　　雲
❸ mouth　[maʊθ]　　嘴巴
❹ owl　　[aʊl]　　　貓頭鷹
❺ now　　[naʊ]　　　現在
❻ however [haʊˈɛvə]　然而

＜大聲唸出句子喔＞

❶ I found owls outside the house.
　　　　我發現屋子外面有貓頭鷹。
❷ Don't shout at our cow.
　　　　不要對我們的牛大叫。
❸ I doubt the tower is in the town.
　　　　我懷疑那座塔在城裡。

66

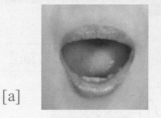

[a]   [ʊ]

 ## 比較[aʊ]跟[ɔ]的發音

[aʊ]和[ɔ]看起來好像完全不同，但當[a]後面加上[ʊ]後，發音變得跟[ɔ]
有點類似了，兩者雖然發音相似，但[aʊ]在尾音時嘴巴要向內縮，不像
[ɔ]是一直都是微微張開的喔。

CD

track
16

	[aʊ]			[ɔ]		
❶ cow	[kaʊ]	牛	cause	['kɔz]	原因
❷ south	[saʊθ]	南方	sauce	[sɔs]	醬料
❸ loud	[laʊd]	大聲	law	[lɔ]	法律
❹ found	[faʊnd]	找到	fault	[fɔlt]	錯

 ## 玩玩嘴上體操

How about going out now?
不如現在出去如何？

10倍速音標記憶網──哪些字母或字母組合唸成[aʊ]

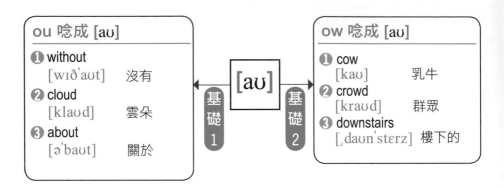

ou 唸成 [aʊ]

❶ without
[wɪðˈaʊt] 沒有
❷ cloud
[klaʊd] 雲朵
❸ about
[əˈbaʊt] 關於

[aʊ]

基礎 1

基礎 2

ow 唸成 [aʊ]

❶ cow
[kaʊ] 乳牛
❷ crowd
[kraʊd] 群眾
❸ downstairs
[ˌdaʊnˈstɛrz] 樓下的

 ## 1 選選看

請選出跟題目單字母音畫底線處發音相同的單字：

1 ( ) b<u>a</u>ll   ①c<u>a</u>ll   ②b<u>oy</u>   ③b<u>ow</u>   ④b<u>oa</u>t
2 ( ) m<u>ou</u>se   ①m<u>o</u>ther   ②m<u>i</u>ght   ③m<u>ou</u>th   ④m<u>o</u>de
3 ( ) cl<u>ou</u>d   ①c<u>o</u>ld   ②pr<u>ou</u>d   ③f<u>o</u>ld   ④c<u>oa</u>t
4 ( ) t<u>ow</u>el   ①h<u>ou</u>se   ②l<u>i</u>fe   ③s<u>ee</u>   ④t<u>a</u>ll
5 ( ) b<u>ou</u>t   ①b<u>i</u>t   ②b<u>oa</u>t   ③b<u>u</u>t   ④l<u>ou</u>d

答案 1.① 2.③ 3.② 4.① 5.④

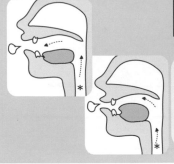

17 [ɔɪ] 的發音

嘴巴像含著一個蛋，發出救護車的聲音「喔乙喔乙喔乙」。

 怎麼發音呢

[ɔɪ]這個音是由[ɔ][ɪ]組成的雙母音，發音時嘴巴要先嘟成圓形，發出[ɔ]的音，再把嘴巴慢慢拉開，嘴形變成又細又長，發出[ɪ]這個音。兩個音連在一起有點像救護車出動時，發出「喔乙～喔乙～」的聲音喔！

邊聽邊練習單字跟句子的發音喔

＜大聲唸出單字喔＞

❶ boy　　[bɔɪ]　　男孩　　　❹ coin　　[kɔɪn]　　硬幣
❷ oil　　 [ɔɪl]　　 油　　　　❺ noisy　 ['nɔɪzɪ]　 吵鬧
❸ toy　　 [tɔɪ]　　 玩具　　　❻ avoid　 [ə'vɔɪd]　避免

＜大聲唸出句子喔＞

❶ The boy's voice is noisy.
　　　　　　男孩的聲音很吵。

❷ The poet wrote a poem.
　　　　　　詩人寫了首詩。

❸ The soy beans are poisoned.
　　　　　　黃豆被下毒了。

70

[ɔ]   [ɪ]

比較[ɔɪ]跟[o]的發音

[ɔɪ]是由兩個短母音所組成的雙母音，兩個母音拼在一起，所以聽起來更是短促，我們看看[ɔɪ]和長母音[o]比起來，發音有多短促！

CD

track
17

	[ɔɪ]			[o]	
❶ oil	[ɔɪl]	油	old	[old]	老
❷ soil	[sɔɪl]	土	sold	[sold]	賣出
❸ joy	[dʒɔɪ]	喜悅	Joe	[dʒo]	喬
❹ toy	[tɔɪ]	玩具	told	[told]	說

玩玩嘴上體操

Joy joined the royal army to show his loyalty.
喬伊參加了皇家軍隊來展示他的忠心。

71

10倍速音標記憶網——哪些字母或字母組合唸成[ɔɪ]

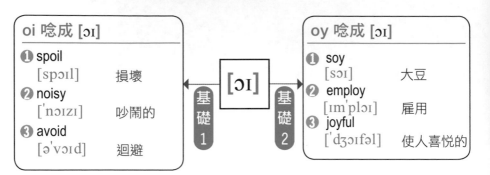

oi 唸成 [ɔɪ]

❶ spoil
[spɔɪl]　　損壞
❷ noisy
[ˈnɔɪzɪ]　　吵鬧的
❸ avoid
[əˈvɔɪd]　　迴避

[ɔɪ]

基礎 1

基礎 2

oy 唸成 [ɔɪ]

❶ soy
[sɔɪ]　　大豆
❷ employ
[ɪmˈplɔɪ]　　雇用
❸ joyful
[ˈdʒɔɪfəl]　　使人喜悅的

CD

track
17

 1 聽聽看

聽聽看CD，選出你聽到的發音：

1 (　　　) ①voice ②vow
2 (　　　) ①fold ②fill
3 (　　　) ①moist ②most
4 (　　　) ①guide ②good
5 (　　　) ①go ②gold

答案1.① 2.② 3.① 4.① 5.②

72

子音

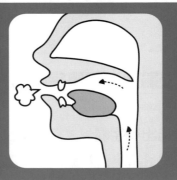

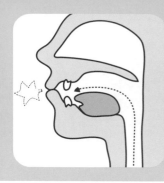

1 [p] 的發音

緊閉的雙唇，一口氣放開，好像發出有氣無聲的「ㄆ」音來。

 怎麼發音呢

CD

**track
18**

要發出[p]的音，首先將上下唇閉緊，讓氣流留在口腔裡一會兒，才將上下唇放開，這時候不要振動聲帶，讓氣流衝出來，與上下唇產生摩擦，這樣發出來的音就是[p]囉！跟注音符號「ㄆ」的發音是不是很像呢？

 邊聽邊練習單字跟句子的發音喔

＜大聲唸出單字喔＞

❶ pen   [pɛn]   筆
❷ pray   [pre]   祈禱
❸ replay   [reple]   重複播放

❹ important [ɪmˈpɔrtnt] 重要的
❺ stop   [stɑp]   停止
❻ hope   [hop]   希望

＜大聲唸出句子喔＞

❶ Paris is a perfect place.
　　　　　　巴黎是個完美的地方。

❷ The painter stops painting.
　　　　　　那位畫家停止作畫。

❸ My parents complain about my pet.
　　　　　　我的父母對我的寵物有所抱怨。

[p]

 比較 [p] 跟 [b] 的發音

[p]和[b]都是用氣流擦過雙唇來發音,所以又叫爆裂音,不同點是[p]不用振動聲帶,就像是用氣音說話一樣,是個無聲子音,而[b]需要振動聲帶,是有聲子音。

CD

track 18

	[p]			[b]	
❶ park	[pɑrk]	公園	bark	[bɑrk]	吠叫
❷ mop	[mɑp]	拖地	mob	[mɑb]	暴民
❸ pop	[pɑp]	流行樂	Bob	[bɑb]	包柏(人名)
❹ pass	[pæs]	通過	bass	[bes]	低音

 玩玩嘴上體操

Peter Piper picked a pack of pickled peppers.
彼德派普挑了一包醃辣椒。

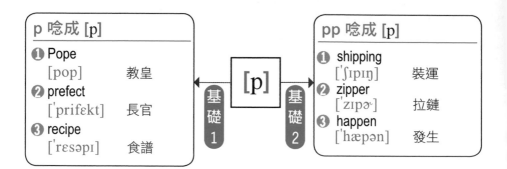

10倍速音標記憶網——哪些字母或字母組合唸成[p]

p 唸成 [p]

❶ Pope
  [pop]　　教皇
❷ prefect
  ['prifɛkt]　　長官
❸ recipe
  ['rɛsəpɪ]　　食譜

基礎 1　[p]　基礎 2

pp 唸成 [p]

❶ shipping
  ['ʃɪpɪŋ]　　裝運
❷ zipper
  ['zɪpɚ]　　拉鏈
❸ happen
  ['hæpən]　　發生

CD
track
18

1 聽聽看

聽聽看，將聽到的單字按照正確的順序寫出來。

1 sport　bored　port　　①＿＿＿　②＿＿＿　③＿＿＿
2 speak　beak　peak　　①＿＿＿　②＿＿＿　③＿＿＿
3 spend　bend　pen　　①＿＿＿　②＿＿＿　③＿＿＿
4 spare　bare　pair　　①＿＿＿　②＿＿＿　③＿＿＿
5 spark　bark　park　　①＿＿＿　②＿＿＿　③＿＿＿

答案1.port; bored; sport　2.speak; beak; peak　3.pen; spend; bend
　　4.bare; pair; spare　5.park; bark; spark

2 玩玩看

解碼藏密筒：把左邊排列組合不正確的單字，按照右邊的音標拼出正確的單字。

pehapn →

['hæpən]

elpeop →

['pipl]

paple →

['æpl]

seaple →

[pliz]

apper →

['pepɚ]

grinps →

[sprɪŋ]

77

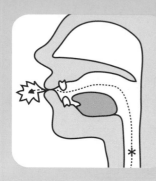

2 [b] 的發音

緊閉的雙唇，一口氣放開，好像發出「ㄅ」音來。

 怎麼發音呢

[b]的音跟[p]的發音方式很類似，同樣讓氣流留在口腔裡，再放開上下唇。但是不同的是，在氣流衝出來的同時要記得振動聲帶。一邊發[b]的音，一邊摸摸脖子上的聲帶，要有細微的振動才是[b]喔！

 邊聽邊練習單字跟句子的發音喔

＜大聲唸出單字喔＞

❶ bee	[bi]	蜜蜂		❹ cab	[kæb]	計程車
❷ bank	[bæŋk]	銀行		❺ lobby	[ˈlɑbɪ]	大廳
❸ book	[bʊk]	書		❻ obey	[əˈbe]	遵守

＜大聲唸出句子喔＞

❶ Blue brook is beautiful.
　　　　　藍色的小溪很美。

❷ The cab bumped into the bank.
　　　　　計程車撞進銀行裡。

❸ My brother ate bread for breakfast.
　　　　　我的哥哥吃麵包當早餐。

78

[b]

 比較[b]跟[p]的發音

[p]和[b]不同點是：[p]不用振動聲帶，就像是用氣音說話一樣，而[b]是
有聲子音需要振動聲帶。請摸著喉嚨感受一下聲帶振動的感覺吧。

CD

track
19

	[b]				[p]	
❶ bill	[bɪl]	帳單		pill	[pɪl]	藥丸
❷ bat	[bæt]	蝙蝠		pat	[pæt]	輕拍
❸ bay	[be]	海灣		pay	[pe]	付帳
❹ cab	[kæb]	計程車		cap	[kæp]	棒球帽

 玩玩嘴上體操

**Betty Botter had some butter,
"But," she said, "this butter's
bitter."**

貝蒂巴特有些奶油，
她說「但是這些奶油是苦的」。

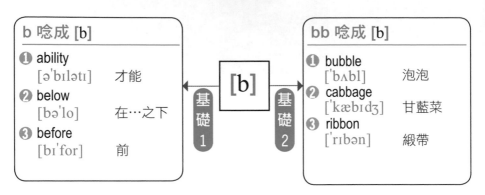

b 唸成 [b]

❶ ability
[əˈbɪlətɪ]　才能
❷ below
[bəˈlo]　在…之下
❸ before
[bɪˈfor]　前

[b]

基礎 1

基礎 2

bb 唸成 [b]

❶ bubble
[ˈbʌbl]　泡泡
❷ cabbage
[ˈkæbɪdʒ]　甘藍菜
❸ ribbon
[ˈrɪbən]　緞帶

CD
track
19

1 聽聽看

改錯練習。下面的單字有些拼錯了，請在聽過CD後，在正確的單字後面空格打O。在錯的單字後面的空格打X，並填上正確的單字。

1. public（公立的）→__　_____
2. sbread （分布）→__　_____
3. break（破壞）　→__　_____
4. bort （港口）　→__　_____
5. climb（攀爬）　→__　_____

6. table （桌子）　→__　_____
7. blay （遊戲）　→__　_____
8. sblash(飛濺)　→__　_____
9. bath （洗澡）　→__　_____
10. cab （計程車）→__　_____

答案 1.O public; 2.X spread; 3.O break; 4.X port; 5.O climb;
6.O table; 7. X play; 8. X splash; 9.O bath; 10.X cap

80

2 玩玩看

每個題目中圓圈上下兩個一組，只有其中一個可以與後面的字母組成
單字，請找出正確的單字。（提示：每個單字都有[b]的發音喔！）

例

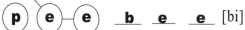

(b)(a)(i)

(p)(e)(e)　<u>b</u>　<u>e</u>　<u>e</u>　[bi]

1. (h)(a)(b)

(j)(o)(k)　___ ___ ___　[dʒɑb]

2. (b)(i)(y)

(p)(u)(z)　___ ___ ___　[baɪ]

3. (b)(l)(a)(e)(k)

(p)(r)(e)(a)(p)　___ ___ ___ ___ ___　[brek]

4. (t)(x)(b)(i)(e)

(s)(a)(p)(i)(c)　___ ___ ___ ___ ___　[ˈtebl]

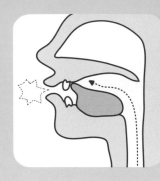

3 [t] 的發音

特快車，跑得好快，
發出有氣無聲的「特
特特」音來！

特特特特特~

怎麼發音呢

首先將舌頭前端抵在上排齒齦後面，讓氣流留在口腔裡一會兒，接著
放開舌頭，讓氣流從舌頭前端與齒齦後面的空隙衝出來，發這個音不
要振動聲帶，類似無聲版的「去」，就是[t]的發音囉！

邊聽邊練習單字跟句子的發音喔

< 大聲唸出單字喔 >

❶ cat	[kæt]	貓		❹ take	[tek]	拿
❷ let	[lɛt]	讓		❺ today	[təˈde]	今天
❸ count	[kaʊnt]	數		❻ letter	[ˈlɛtɚ]	信

< 大聲唸出句子喔 >

❶ Taxi!

計程車！

❷ Turn left.

左轉。

❸ Let the vet take care of the turtle.

讓獸醫來照顧烏龜。

[t]

 比較[t]跟[d]的發音

[t]和[d]都是舌尖頂在上排牙齦的爆裂音，不同點是[t]是無聲子音，不需振動聲帶，像是用氣音說話一樣，而[d]是有聲子音，需要振動聲帶才能發音。

CD

track 20

	[t]				[d]	
❶	tall	[tɔl]	高	doll	[dɔl]	娃娃
❷	tip	[tɪp]	秘訣	dip	[dɪp]	浸泡
❸	tat	[tæt]	小孩	dad	[dæd]	父親
❹	letter	[ˈlɛtɚ]	信	ladder	[ˈlæbɚ]	梯子

 玩玩嘴上體操

Kit spit a pit from a tidbit he bit.
基特從他咬過的美味食物中吐出了一個果核。

10倍速音標記憶網──哪些字母或字母組合唸成[t]

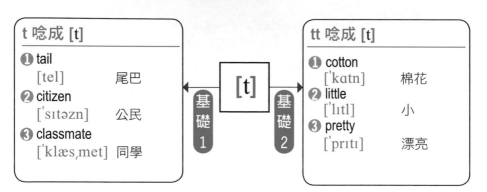

t 唸成 [t]

❶ tail
　[tel]　　　尾巴
❷ citizen
　[ˈsɪtəzn]　公民
❸ classmate
　[ˈklæs,met]　同學

[t]

基礎1

基礎2

tt 唸成 [t]

❶ cotton
　[ˈkɑtn]　　棉花
❷ little
　[ˈlɪtl]　　　小
❸ pretty
　[ˈprɪtɪ]　　漂亮

CD
─────
track
20

1 聽聽看

聽聽看，根據你聽到的單字，在空格內填入 "t" 或 "d"。

1 □o□ay
　（今天）

2 □ra□e
　（交易）

3 □rea□
　（對待）

4 □ues□ay
　（星期二）

5 s□ay
　（停留）

6 □icke□
　（入場券）

7 □en□
　（傾向）

8 s□eal
　（偷竊）

9 □as□e
　（嚐）

10 □en□
　（帳棚）

答案 1.today　2.trade
　　 3.treat　4.Tuesday
　　 5.stay　6.ticket
　　 7.tend　8.steal
　　 9.taste　10.tent

2 玩玩看

請看看左邊的音標，它們各是那些單字呢？請填入空格中。

1.['lɪtl]

2.[lɛft]

3.[tek]

4.[stɑp]

5.[let]

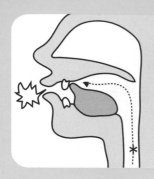

4 [d] 的發音

道路工程人員，拿著電鑽挖道路，發出有氣有聲的「的的的」音來！

的的的！

 怎麼發音呢

CD

track 21

[d]的發音位置與[t]相當類似，同樣將舌頭前端抵住上牙齦後面，再將舌頭放開，一次讓氣流通過空隙衝出來。不同的地方是，[d]要振動聲帶，摸摸看自己脖子上的聲帶位置，看看有沒有細微的振動喔！

 邊聽邊練習單字跟句子的發音喔

＜大聲唸出單字喔＞

❶ did   [dɪd]   做（do的過去式）
❷ desk   [dɛsk]   書桌
❸ dead   [dɛd]   死亡
❹ mad   [mæd]   生氣
❺ cold   [kold]   寒冷
❻ window   [ˈwɪndo]   窗戶

＜大聲唸出句子喔＞

❶ Dad is sad.
       爸爸很難過。
❷ Today is windy.
       今天起風了。
❸ Dinner is ready.
       晚餐做好了。

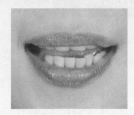

[d]

 比較[d]跟[t]的發音

[d]和[t]的不同點是：[t]不需振動聲帶，像是用氣音說話一樣，而[d]需要振動聲帶，和平常說話時一樣。請摸著喉嚨比較看看聲帶有無振動的感覺吧！

CD

track
21

	[d]				[t]	
❶ god	[gɑd]	神	got	[gɑt]	得到
❷ dig	[dɪg]	挖掘	tip	[tɪp]	秘訣
❸ mad	[mæd]	生氣	mat	[mæt]	草蓆
❹ do	[du]	做	to	[tu]	到…

 玩玩嘴上體操

Did David's daughter dream to be a dancer?
大衛的女兒是否夢想過要當個舞者？

87

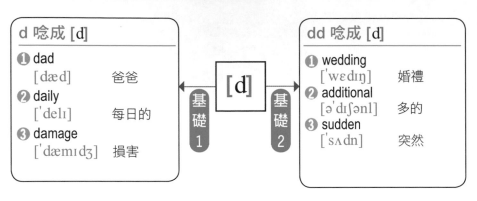

d 唸成 [d]		dd 唸成 [d]	
❶ dad [dæd] 爸爸	[d]	❶ wedding [ˈwɛdɪŋ] 婚禮	
❷ daily [ˈdelɪ] 每日的	基礎 1	❷ additional [əˈdɪʃənl] 多的	
❸ damage [ˈdæmɪdʒ] 損害	基礎 2	❸ sudden [ˈsʌdn] 突然	

CD

track 21

1 聽聽看

聽聽看，下列單字的動詞過去式(劃線部份)該發什麼音? 先跟著唸一次，
再將答案填到對應的空格裡。

washed   stayed   kiss<u>ed</u>   hugg<u>ed</u>   sign<u>ed</u>   describ<u>ed</u>
danc<u>ed</u>   complain<u>ed</u>   organiz<u>ed</u>   preferr<u>ed</u>   mopp<u>ed</u>
fill<u>ed</u>   watch<u>ed</u>   welcom<u>ed</u>   kick<u>ed</u>   cri<u>ed</u>   liv<u>ed</u>

[t]	
[d]	

答案[t] washed; kissed; danced; mopped; watched; kicked
　　[d]stayed; hugged; signed; described; complained; organized; preferred;
　　　filled; welcomed; cried; lived

88

2 玩玩看

學過音標當然要知道自己到底記了多少，那麼就來看看左邊的音標，
它們各是那些單字呢？

1.[dæd]　□□□

2.[ˈdæmɪdʒ]　□□□□□□

3.[gold]　□□□□

4.[əˈdɪʃənl]　□□□□□□□□

5.[ˈsʌdn]　□□□□□□

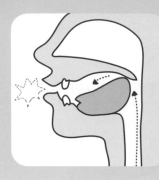

5 [k] 的發音

「渴」啊「渴」啊！
誰來給我一點水啊！

 怎麼發音呢

先將舌頭後面往上提，抵住軟顎，先擋住氣流一會兒，再將舌頭放開，使氣流通過舌頭後面與軟顎中間的空隙衝出來，這時候不要振動聲帶，很類似中文的「ㄎ」，但是無聲的喔！

CD

track
22

 邊聽邊練習單字跟句子的發音喔

< 大聲唸出單字喔 >

❶ key   [ki]   鑰匙
❷ kid   [kɪd]   孩子
❸ kick   [kɪk]   踢

❹ case   [kes]   案件
❺ cook   [kʊk]   烹飪
❻ desk   [dɛsk]   書桌

< 大聲唸出句子喔 >

❶ Just kidding.
開玩笑的啦。

❷ Kids like jokes.
小孩愛聽笑話。

❸ Keep working all night.
徹夜工作吧。

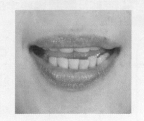

[k]

 比較 [k] 跟 [g] 的發音

[k]和[g]都是舌根頂在軟顎所發出的爆裂音，不同點是[k]是無聲子音，不需振動聲帶，像是用氣音說出注音的ㄎ，而[g]是有聲子音，需振動聲帶，發音類似注音ㄍ。

CD

track
22

	[k]		
❶	picky	[ˈpɪkɪ]	挑剔
❷	kept	[kɛpt]	保持
❸	kick	[kɪk]	踢
❹	clue	[klu]	線索

	[g]	
piggy	[ˈpɪgɪ]	小豬
get	[gɛt]	得到
gig	[gɪg]	輕便馬車
glue	[glu]	膠水

 玩玩嘴上體操

Clean clams were crammed in clean cans.
乾淨的蚌被塞在乾淨的罐頭裡。

10倍速音標記憶網——哪些字母或字母組合唸成[k]

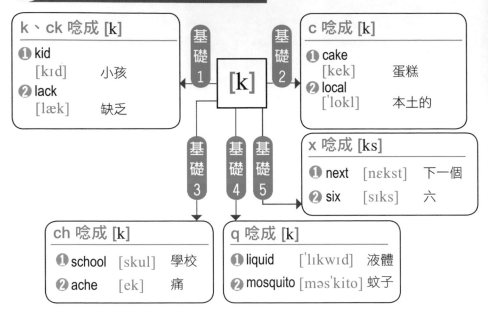

k、ck 唸成 [k]

❶ kid
[kɪd]　　小孩
❷ lack
[læk]　　缺乏

基礎 1

[k]

基礎 2

c 唸成 [k]

❶ cake
[kek]　　蛋糕
❷ local
['lokl]　　本土的

基礎 3　基礎 4　基礎 5

x 唸成 [ks]

❶ next　[nɛkst]　下一個
❷ six　[sɪks]　六

ch 唸成 [k]

❶ school　[skul]　學校
❷ ache　[ek]　痛

q 唸成 [k]

❶ liquid　['lɪkwɪd]　液體
❷ mosquito　[məs'kito]　蚊子

1 填填看

先試著唸以下的單字，再把該字的音標寫下來：

1 click　：[　　　]（點閱）
2 kid　：[　　　]（孩子）
3 key　：[　　　]（鑰匙）
4 kiwi　：[　　　]（奇異果）
5 luck　：[　　　]（運氣）
6 sock　：[　　　]（襪子）
7 clerk　：[　　　]（店員）

答案1.[klɪk] 2.[kɪd] 3.[ki] 4.['kɪwɪ] 5.[lʌk] 6.[sɑk] 7.[klɝk]

2 玩玩看

小火車接龍：每一輛火車的字母跟後一輛火車的第一個字母是要一樣的！找出這些字並填上去，這樣小火車才會重新連結起來。

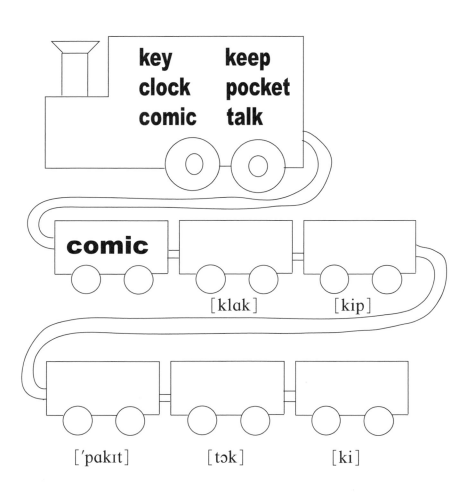

key   keep
clock   pocket
comic   talk

comic

[klɑk]   [kip]

[ˈpɑkɪt]   [tɔk]   [ki]

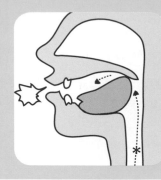

6 [g] 的發音

「咯咯咯」小雞快來吃米喔！

咯咯咯！

 怎麼發音呢

[g]的發音位置跟[k]很相近。首先同樣將舌頭後面抵住軟顎，再將舌頭放下，讓氣流沿著空隙衝出，同時記得振動聲帶，發出的音就是[g]囉！

CD

track
23

 邊聽邊練習單字跟句子的發音喔

< 大聲唸出單字喔 >

❶ girl　　[gɝl]　　女孩
❷ gaze　　[gez]　　凝望
❸ gift　　[gɪft]　　禮物
❹ leg　　[lɛg]　　腿
❺ hug　　[hʌg]　　擁抱
❻ finger　['fɪŋgɚ]　手指

< 大聲唸出句子喔 >

❶ Maggie ate an egg.
　　　　　梅琪吃了一顆蛋。
❷ God gave the girl a gift.
　　　　　上帝給了女孩一個天賦。
❸ The greedy goat got a bug.
　　　　　貪心的山羊只得到一隻蟲。

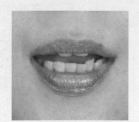

[g]

比較[g]跟[k]的發音

[g]和[k]的不同點是：[k]是無聲子音，不需振動聲帶，像是用氣音説出注音的ㄎ，而[g]是有聲子音，需振動聲帶，發音類似注音ㄍ。請比較看看無聲和有聲的不同。

CD

track
23

	[g]			[k]	
❶ go	[go]	去	call	[kɔl]	打電話
❷ get	[gɛt]	得到	cat	[kæt]	貓
❸ glass	[glæs]	玻璃	class	[klæs]	班級
❹ bag	[bæg]	袋子	back	[bæk]	後面

玩玩嘴上體操

The great Greek grape growers grow great Greek grapes.

偉大的希臘葡萄農夫，種植出巨大的希臘葡萄。

10倍速音標記憶網——哪些字母或字母組合唸成[g]

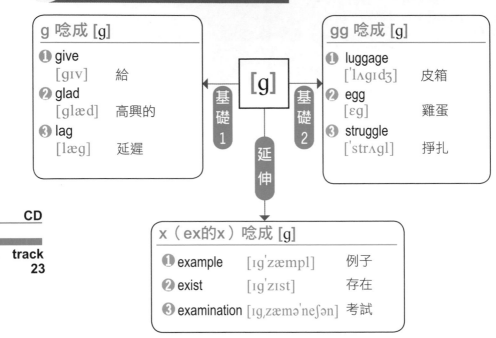

g 唸成 [g]

❶ give
[gɪv] 給
❷ glad
[glæd] 高興的
❸ lag
[læg] 延遲

[g]

基礎 1

基礎 2

延伸

gg 唸成 [g]

❶ luggage
[ˈlʌgɪdʒ] 皮箱
❷ egg
[ɛg] 雞蛋
❸ struggle
[ˈstrʌgl] 掙扎

x（ex的x）唸成 [g]

❶ example   [ɪgˈzæmpl]   例子
❷ exist   [ɪgˈzɪst]   存在
❸ examination [ɪgˌzæməˈneʃən] 考試

CD

track
23

1 聽聽看

第一遍邊聽邊跟著唸，第二遍請選出聽到的單字，然後在方格內打勾。

1 □ gap （缺口）　　□ cap （棒球帽）
2 □ leg （腳）　　　□ lap （大腿）
3 □ gain （得到）　　□ can （可以）
4 □ grape （葡萄）　　□ clay （黏土）
5 □ garden （花園）　□ harden （變硬）
6 □ goal （目標）　　□ call （呼叫）
7 □ game （遊戲）　　□ camp （露營）

答案 1. gap　2. lap　3. can　4. grape　5. garden　6.call　7. game

2 玩玩看

下圖藏了四隻動物，請找出牠們並把牠們的名字寫在下面的空格裡。

1 [fɪʃ] □□□□

2 [bɝd] □□□□

3 [taɪgɚ] □□□□□

4 [ˈɪgl] □□□□□

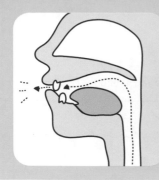

7 [f] 的發音

好舒服的泡澡喔！「福～」！

 怎麼發音呢

CD

track
24

要發出[f]的音，首先要先將上排牙齒放在下唇上，接著留下一條細微的空隙，當氣流沿著這條空隙流出來時，會與牙齒和嘴唇產生摩擦，這時不要振動聲帶，來發出[f]音。想想看中文的「ㄈ」牙齒怎麼放就知道囉！

 邊聽邊練習單字跟句子的發音喔

＜大聲唸出單字喔＞

❶ fee	[fi]	費用	❹ leaf	[lif]	葉子
❷ fix	[fɪks]	修理	❺ knife	[naɪf]	刀子
❸ five	[faɪv]	五	❻ afraid	[əˈfred]	害怕

＜大聲唸出句子喔＞

❶ Don't feed the fish.
不要餵魚！

❷ My father found it funny.
爸爸覺得那很有趣。

❸ Let's talk face to face.
我們來面對面地談。

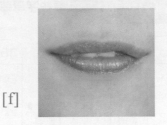

[f]

 比較 [f] 跟 [v] 的發音

[f]和[v]都是上齒抵住下嘴唇所發出的摩擦音，不同點是[f]是無聲子音，不需振動聲帶，像是用氣音說出國字「福」，而[v]是有聲子音，需要振動聲帶。

CD

track
24

	[f]				[v]	
❶	fat	[fæt]	胖	vet	[vɛt]	獸醫
❷	fan	[fæn]	電扇	van	[væn]	箱型車
❸	fine	[faɪn]	很好	vine	[vaɪn]	葡萄藤
❹	leaf	[lif]	葉子	leave	[liv]	離開

 玩玩嘴上體操

Friendly Frank flips fine flapjacks.
友善的法蘭克，翻了翻不錯的厚煎餅。

10倍速音標記憶網——**哪些字母或字母組合唸成 [f]**

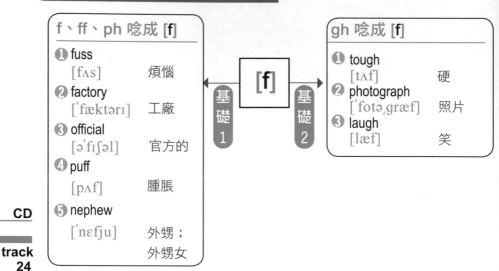

f、ff、ph 唸成 [f]

1 fuss
   [fʌs]　　　煩惱
2 factory
   [ˈfæktərɪ]　工廠
3 official
   [əˈfɪʃəl]　　官方的
4 puff
   [pʌf]　　　腫脹
5 nephew
   [ˈnɛfju]　　外甥；
   　　　　　　外甥女

[f]

基礎 1　基礎 2

gh 唸成 [f]

1 tough
   [tʌf]　　　硬
2 photograph
   [ˈfotə,græf]　照片
3 laugh
   [læf]　　　笑

 1 聽聽看

聽聽看，請把聽到的單字用音標表示出來。

1（far）　　　（遠的）　　→ [　　　　　]
2（after）　　（之後）　　→ [　　　　　]
3（fly）　　　（飛翔）　　→ [　　　　　]
4（knife）　　（刀子）　　→ [　　　　　]
5（gift）　　　（禮物）　　→ [　　　　　]
6（safe）　　　（安全的）　→ [　　　　　]
7（cliff）　　　（懸崖）　　→ [　　　　　]
8（French fries）（薯條）　　→ [　　　　　]

　　　答案1.[fɑr]2.[ˈæftɚ]3.[flaɪ]4.f[naɪf]5.[ɡɪft]6.[sef] 7.[klif]8.[frɛntʃ fraɪz]

2 玩玩看

請將ph或gh當成音符填進去，譜成一首美麗的樂曲。

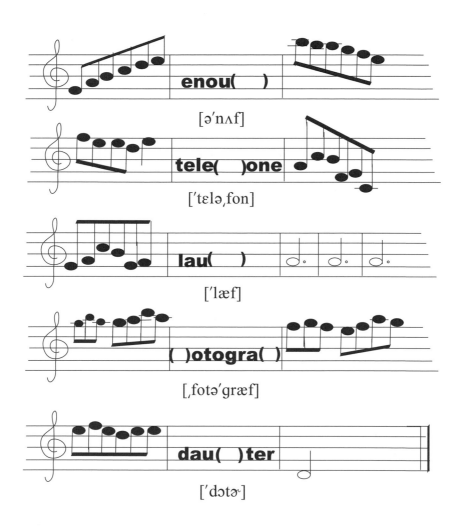

enou(　　)

[ə'nʌf]

tele(　　)one

['tɛlə,fon]

lau(　　)

['læf]

(　)otogra(　)

[,fotə'græf]

dau(　)ter

['dɔtɚ]

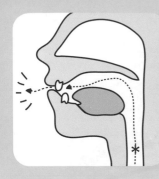

8 [v] 的發音

考100分耶
「v」！

 怎麼發音呢

[v]跟[f]的發音位置很相近。首先同樣將上排牙齒放在下唇上，接著留下空隙，使氣流通過空隙時與唇齒產生摩擦，不同的是要確實振動聲帶，這樣發出的音就是[v]了。

CD

track
25

 邊聽邊練習單字跟句子的發音喔

＜大聲唸出單字喔＞

❶ vet	[vɛt]	獸醫	❹ vivid	[ˈvɪvɪd]	生動
❷ view	[vju]	景色	❺ violin	[ˌvaɪəˈlɪn]	小提琴
❸ visit	[ˈvɪzɪt]	拜訪	❻ eleven	[ɪˈlɛvən]	十一

＜大聲唸出句子喔＞

❶ Very good!
　　　　　　很好！

❷ I heard her voice.
　　　　　　我聽到了她的聲音。

❸ The vase vanished.
　　　　　　花瓶消失了。

[v]

 比較[v]跟[f]的發音

[v]和[f]不同點是：[v]是有聲子音，需振動聲帶，像是下唇先用上齒擋住後，再輕輕彈出發中文的「福」。[f]不需振動聲帶，像是用氣音說出國字「福」。

CD

**track
25**

	[v]				[f]		
❶	give	[gɪv]	給	gift	[gɪft]	禮物
❷	convince	[kənˈvɪns]	使相信	confide	[kənˈfaɪd]	信任
❸	view	[vju]	景觀	few	[fju]	很少
❹	vase	[ves]	花瓶	face	[fes]	臉

 玩玩嘴上體操

**Vincent vowed vengeance
very vehemently.**
文森非常激動，發誓一定
要報仇。

10倍速音標記憶網──哪些字母或字母組合唸成[v]

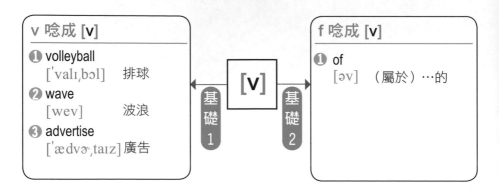

v 唸成 [v]

❶ volleyball
['valı,bɔl]　排球
❷ wave
[wev]　　波浪
❸ advertise
['ædvɚ,taɪz] 廣告

f 唸成 [v]

❶ of
[əv]　（屬於）…的

基礎1　[v]　基礎2

 1 寫寫看

請先試著將以下的單字唸出聲來，再用音標表示出來。

1 violin →[　　]
（小提琴）

2 live →[　　]
（居住）

3 vanity →[　　]
（虛榮）

4 various →[　　]
（多樣的）

5 voice →[　　]
（聲音）

6 vow →[　　]
（誓言）

7 visit →[　　]
（拜訪）

104　　　　答案1.[vaɪə'lɪn]2.[lɪv]3.['vænɪtɪ] 4.['vɛrɪəs] 5.[vɔɪs]6.[vaʊ] 7.['vɪzɪt]

2 玩玩看

影印機：將原本的單字卡送進影印機之後，不但數量變多了，
連[f]都變成[v]了呢！請寫出以下單字的複數形。

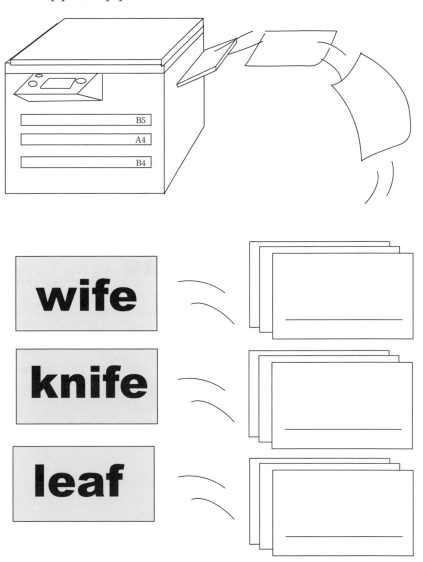

wife

knife

leaf

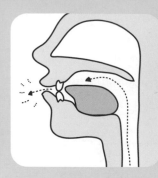

9 [s] 的發音

哇！輪胎破了「s」！

 怎麼發音呢

[s]跟中文的「ㄙ」發音類似，將舌頭前端放在上牙齦後面，但是留下一絲空隙，此時不要振動聲帶，使氣流緩緩流出與空隙產生摩擦。維持這個姿勢吸氣，如果感覺到上排牙齒後面涼涼的才是正確的。

 邊聽邊練習單字跟句子的發音喔

CD
track
26

＜大聲唸出單字喔＞

❶ see   [si]   看見   ❹ miss   [mɪs]   想念
❷ hiss   [hɪs]   嘶嘶聲   ❺ rice   [raɪs]   米飯
❸ sick   [sɪk]   生病   ❻ circle   [ˈsɝkl]   圓圈

＜大聲唸出句子喔＞

❶ See you!

掰掰！

❷ Sit down.

坐下！

❸ This place is peaceful.

這地方真安靜。

[s]

 ## 比較[s]跟[ʃ]的發音

[s]和[ʃ]都是無聲摩擦音，不同點在：[s]是將舌頭前端放在上牙齦後面發聲，像用氣音說出國字「嘶」，而[ʃ]是將嘴巴微微嘟起，氣流從舌頭與硬顎間的空隙流出。

CD

track 26

	[s]				[ʃ]	
❶ soap	[sop]	肥皂		shop	[ʃɑp]	商店
❷ gas	[gæs]	瓦斯		gosh	[gɑʃ]	天呀
❸ sigh	[saɪ]	嘆息		shy	[ʃaɪ]	害羞
❹ so	[so]	所以		show	[ʃo]	表演

 ## 玩玩嘴上體操

Silly Sally swiftly shooed seven silly sheep.
傻楞楞的紗麗，把七隻傻呆呆的綿羊噓走。

107

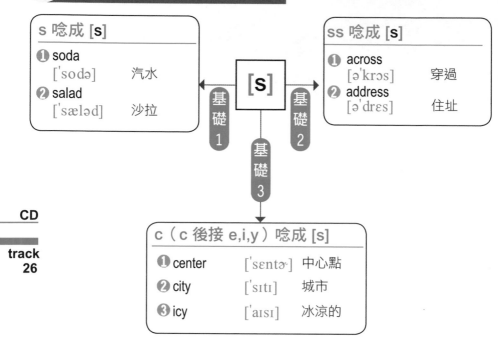

10倍速音標記憶網──哪些字母或字母組合唸成[s]

s 唸成 [s]

❶ soda
['sodə]　　汽水
❷ salad
['sæləd]　　沙拉

[s]

基礎 1　基礎 2　基礎 3

ss 唸成 [s]

❶ across
[ə'krɔs]　　穿過
❷ address
[ə'drɛs]　　住址

c（c 後接 e,i,y）唸成 [s]

❶ center　　['sɛntɚ]　中心點
❷ city　　　['sɪtɪ]　　城市
❸ icy　　　['aɪsɪ]　　冰涼的

CD

track
26

1 聽聽看

聽聽看，根據你聽到的句子，在括號中圈出正確的單字喔！

1 Let's (thing / sing) together.

2 I (saw / thought) a rabbit running over.

3 I don't (think / sink) this is a good idea.

4 Excuse me, how do I get to the (fourth / force) floor?

5 We have the (same / shame) name.

答案1.sing 2.saw 3.think 4.fourth 5.same

2 玩玩看

Jeffery今天放學之後，要到超市幫媽媽買東西，但是他不知道路標怎麼看，請你告訴他。

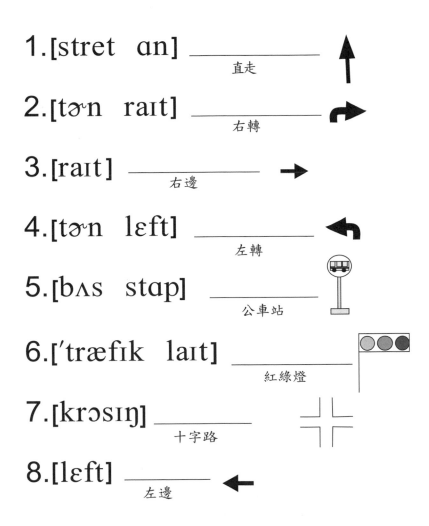

1.[stret ɑn] ＿＿＿＿＿
直走

2.[tɚn raɪt] ＿＿＿＿＿
右轉

3.[raɪt] ＿＿＿＿＿
右邊

4.[tɚn lɛft] ＿＿＿＿＿
左轉

5.[bʌs stɑp] ＿＿＿＿＿
公車站

6.[ˈtræfɪk laɪt] ＿＿＿＿＿
紅綠燈

7.[krɔsɪŋ] ＿＿＿＿＿
十字路

8.[lɛft] ＿＿＿＿＿
左邊

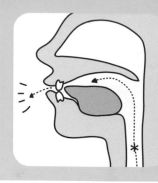

10 [z] 的發音

蚊子在飛「ZZZ」！

 怎麼發音呢

[z]的發音位置跟[ʃ]十分相像。同樣將舌頭前端放在上排牙齒齒齦後面，留下一條空隙，使氣流從空隙緩緩流出，同時振動聲帶所發出的音就是[z]囉！

CD

track
27

 邊聽邊練習單字跟句子的發音喔

＜大聲唸出單字喔＞

❶ zoo　　[zu]　　動物園
❷ size　　[saɪz]　　尺寸
❸ zebra　[ˈzibrə]　斑馬
❹ please　[pliz]　　請
❺ cheese　[tʃiz]　　起士
❻ nose　　[noz]　　鼻子

＜大聲唸出句子喔＞

❶ Zip your zipper.
　　　　　　拉上拉鍊。

❷ Kids love the zoo.
　　　　　　孩子喜歡動物園。

❸ He is busy as a bee.
　　　　　　他很忙碌。

[z]

 ## 比較[z]跟[s]的發音

[z]和[s]都是是將舌頭前端放在上排牙齦後面發聲，不同點是[z]是有聲子音，需振動聲帶，像是在模仿電流通過的聲音，而[s]是無聲子音，像用氣音説出國字「嘶」。

CD

track
27

	[z]			[s]	
❶ zip	[zɪp]	拉拉錬	sip	[sɪp]	啜飲
❷ sirs	[sɝz]	男士(複數)	sits	[sɪts]	坐
❸ choose	[tʃuz]	選擇(動詞)	choice	[tʃɔɪs]	選擇
❹ lose	[luz]	輸	loose	[lus]	鬆的

 ## 玩玩嘴上體操

The zoo's zebra price is a nice price at that size.
動物園斑馬的價格，以那個大小來說，是個好價錢。

good

ZOO

111

10倍速音標記憶網——哪些字母或字母組合唸成[z]

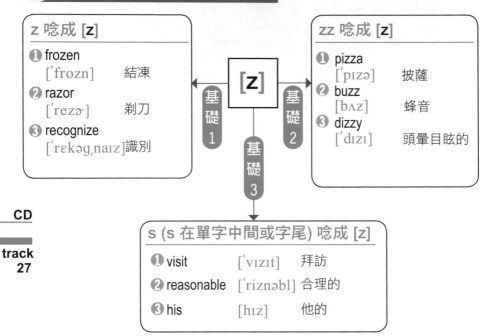

z 唸成 [z]

❶ frozen
['frozn]　　結凍
❷ razor
['rezɚ]　　剃刀
❸ recognize
['rɛkəg,naɪz]識別

[z]

基礎 1　　基礎 2　　基礎 3

zz 唸成 [z]

❶ pizza
['pɪzə]　　披薩
❷ buzz
[bʌz]　　蜂音
❸ dizzy
['dɪzɪ]　　頭暈目眩的

s (s 在單字中間或字尾) 唸成 [z]

❶ visit　　　　['vɪzɪt]　　拜訪
❷ reasonable　['riznəbl]　合理的
❸ his　　　　　[hɪz]　　　他的

CD

track 27

1 聽聽看

聽聽看，下列單字的第三人稱單數現在式(劃線部份)該發什麼音? 先跟著唸一次，再將答案填到下面對應的空格裡。

allow<u>s</u>　　sing<u>s</u>　　cancel<u>s</u>　　name<u>s</u>　　see<u>s</u>　　stop<u>s</u>

jump<u>s</u>　　murder<u>s</u>　　arrive<u>s</u>　　show<u>s</u>　　walk<u>s</u>

climb<u>s</u>　　play<u>s</u>　　offer<u>s</u>　　think<u>s</u>　　create<u>s</u>

[z]	
[s]	

　　答案[z]:allows; sings; cancels; names; sees; murders; arrives; shows; climbs; plays;

　　　　offers;creates [s]:stops; jumps; walks; thinks

112

2 玩玩看

猜猜看，下列與[z]有關的謎語指的是什麼人或東西？

1. I am animals' home in the city. What am I?
2. I am bad guys' home after they did bad things. What am I?
3. People like to listen to me. What am I?
4. I am married to a woman. Who am I?
5. I rule a country. Who am I?

1 ☐☐☐

[zu]

2 ☐☐☐☐☐☐

['prɪzn]

3 ☐☐☐☐☐

['mjuzɪkl]

4 ☐☐☐☐☐☐☐

['hʌzbənd]

5 ☐☐☐☐☐☐☐☐☐

['prɛzədənt]

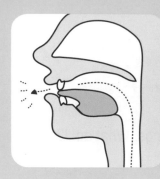

11 [θ] 的發音

嘴形像吹口香糖泡泡一樣。

 怎麼發音呢

CD

track 28

[θ]的發音位置很特別，中文裡並沒有類似的發音，所以要多加練習喔。首先將舌頭前端放在上下牙齒中間，留下一點空隙，接著使氣流沿著空隙流出產生摩擦，此時不要振動聲帶，就是[θ]的發音囉！

 邊聽邊練習單字跟句子的發音喔

<大聲唸出單字喔>

❶ thick	[θɪk]	厚	❹ fifth	[fɪfθ]	第五
❷ thing	[θɪŋ]	東西	❺ north	[nɔrθ]	北方
❸ through	[θru]	通過	❻ path	[pæθ]	道路

<大聲唸出句子喔>

❶ Thank you!

謝謝你！

❷ I am thirsty.

我口渴了。

❸ The book is thin.

書很薄。

[θ]

 ## 比較[θ]跟[s]的發音

[θ]和[s]都是無聲子音,發音方法的差異在舌頭,請先發一個[s],接著慢慢地將舌頭伸到牙齒中間,送氣不要中斷喔,這時發出的音就是[θ]囉!

CD

track
28

	[θ]			[s]	
❶ thin	[θɪn]	瘦	sin	[sɪn]	罪
❷ teeth	[tiθ]	牙齒	this	[ðɪz]	這個
❸ thick	[θɪk]	厚	sick	[sɪk]	生病
❹ path	[pæθ]	道路	pass	[pæs]	通過

 ## 玩玩嘴上體操

I thought a thought.
But the thought I thought
wasn't the thought
I thought I thought.
我想到一個想法,
但我想到的這個想法並不是
我以為自己想到的那個想法。

115

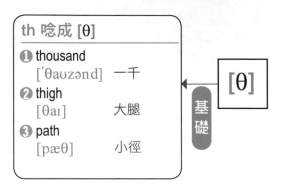

10倍速音標記憶網 — 哪些字母或字母組合唸成[θ]

th 唸成 [θ]

❶ thousand
['θaʊzənd]　一千

❷ thigh
[θaɪ]　大腿

❸ path
[pæθ]　小徑

基礎 → [θ]

track 28

1 聽聽看

改錯練習：下面的單字有些拼錯了，請在聽過CD發音後，在正確的單字後面空格打O。在錯的單字後面的空格打X，並填上正確的單字。

1 tees →__ _____(teeth)
（牙齒）

2 three →__ _____(three)
（三）

3 pass →__ _____(path)
（小徑）

4 thank →__ _____(thank)
（謝謝）

5 sick →__ _____(thick)
（厚的）

6 bass →__ _____(bath)
（洗澡）

7 sink →__ _____(think)
（思考）

116

答案1.×,teeth 2.○ 3.×,path 4.○ 5.×,thick 6.×,bath 7.×,think

2 玩玩看

學過音標當然要知道自己到底記了多少，那麼就來看看左邊的音標，
它們各是那些單字呢？

1 [ˈbɝθˌde] □ □ □ □ □ □ □ □

2 [hɛlθ] □ □ □ □ □

3 [mʌnθ] □ □ □ □ □

4 [brɛθ] □ □ □ □ □ □

5 [ɝθ] □ □ □ □ □

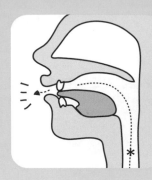

12 [ð]的發音

舌頭被上下牙齒咬住「了」啦！

 怎麼發音呢

CD

track
29

[ð]的發音位置與[θ]相當類似。舌頭前端放在上下齒中間，留下一點空隙，接著使氣流沿著空隙流出產生摩擦，摩擦的同時振動聲帶，就能發出漂亮的[ð]囉！不管是[θ]還是[ð]，通常拼音上都以 th 表示。

 邊聽邊練習單字跟句子的發音喔

＜大聲唸出單字喔＞

❶ this   [ðɪs]   這個
❷ clothe   [kloð]   衣服
❸ weather   [ˈwɛðɚ]   天氣
❹ there   [ðɛr]   那裡
❺ other   [ˈʌðɚ]   其餘的
❻ without   [wɪðˈaʊt]   沒有

＜大聲唸出句子喔＞

❶ These are their clothes.
　　　　　　這些是他們的衣服。
❷ They went to the theater.
　　　　　　他們去了電影院。
❸ This is it.
　　　　　　我們到了。

[ð]

 ## 比較[ð]跟[θ]的發音

[ð]和[θ]都是舌頭放在牙齒中間所發出的摩擦音，不同點在：[ð]是有聲子音，而[θ]是無聲子音。請先發一個[z]，接著慢慢地將舌頭伸到牙齒中間，送氣不要中斷喔，這時發出的音就是[ð]喔！

CD

track
29

	[ð]			[θ]	
❶ this	[ðɪs]	這是	thin	[θɪn]	瘦
❷ them	[ðɛm]	他們	think	[θɪŋk]	思考
❸ than	[ðæn]	比較	thank	[θæŋk]	謝謝
❹ though	[ðo]	雖然	thought	[θɔt]	想到

 ## 玩玩嘴上體操

The Smothers brothers' father's mother's brothers are the Smothers brothers' mother's father's other brothers.

史瑪德兄弟的爸爸的母親的兄弟是
史瑪德兄弟的媽媽的父親的**其他**兄弟。

10倍速音標記憶網——哪些字母或字母組合唸成[ð]

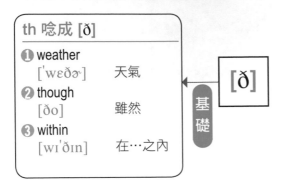

th 唸成 [ð]

❶ weather
['wɛðɚ]　　天氣
❷ though
[ðo]　　　雖然
❸ within
[wɪ'ðɪn]　　在…之內

基礎 → **[ð]**

CD

**track
29**

 1 聽聽看

聽聽看，下列單字劃線部份相同，發音卻是不同的喔！請將單字填入下面對應的空格中。

wi<u>th</u>out	<u>the</u>	<u>th</u>ank	brea<u>the</u>	wor<u>th</u>	mon<u>th</u>
ear<u>th</u>	ei<u>the</u>r	clo<u>th</u>	mo<u>the</u>r	<u>th</u>ought	
toge<u>the</u>r	<u>th</u>eater	tee<u>th</u>	<u>th</u>eir	mou<u>th</u>	<u>th</u>row

1.<u>th</u>is	
2.<u>th</u>in	

答案1.without; the; breathe; either; mother; together; their 2.thank; worth; month;
　　　earth; cloth; thought; theater; teeth; mouth; throw

120

2 玩玩看

這是小明家的祖譜，請在空格上填上適當的稱謂，幫小明完成他家的
祖譜。

['grænd‚faðɚ]　　　['grænd‚mʌðɚ]

['faðɚ]　　　['mʌðɚ]

['brʌðɚ]　　　**me**

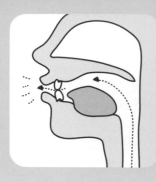

13 [ʃ] 的發音

不要吵啦！
「噓～」。

噓～

 怎麼發音呢

[ʃ]的形狀跟發音都像是要求別人安靜的「噓～」。首先將嘴唇微微嘟出，像吹蠟燭一樣，舌頭前端靠近硬顎，也就是比[s][z]更往後的位置。接著使氣流沿著舌頭與硬顎間的空隙流出產生摩擦，不要振動聲帶所發出的音就是[ʃ]囉！

 邊聽邊練習單字跟句子的發音喔

<大聲唸出單字喔>

❶ she	[ʃi]	她	❹ shop	[ʃɑp]	商店
❷ fish	[fɪʃ]	魚	❺ cashier	[kæˈʃɪr]	收銀員
❸ shirt	[ʃɝt]	襯衫	❻ sure	[ʃʊr]	當然

<大聲唸出句子喔>

❶ Sheep are shy.
　　　　　綿羊很害羞。
❷ She likes shopping.
　　　　　她喜愛購物。
❸ The shoes were washed.
　　　　　鞋子已經洗乾淨了。

[ʃ]

比較[ʃ]跟[tʃ]的發音

[ʃ]和[tʃ]都是氣流沿著舌頭與硬顎間的空隙流出產生的摩擦音,兩者同樣都是無聲子音,只不過[ʃ]類似中文的「噓」,而[tʃ]類似用氣音説中文的「去」。

CD

track 30

	[ʃ]			[tʃ]	
❶ sheep	[ʃip]	羊	cheap	[tʃip]	便宜
❷ share	[ʃɛr]	分享	chair	['tʃɛr]	椅子
❸ shop	[ʃɑp]	商店	chop	[tʃɑp]	切
❹ wash	[wɑʃ]	清洗	watch	[wɑtʃ]	手錶

 玩玩嘴上體操

She sells seashells by the seashore.
The shells she sells are surely seashells.

她在海邊賣貝殼,
她賣的殼絕對是貝殼。

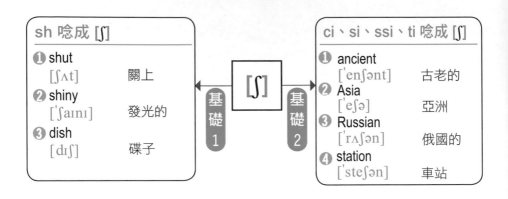

sh 唸成 [ʃ]

❶ shut
  [ʃʌt]　　　關上
❷ shiny
  [ˈʃaɪnɪ]　　發光的
❸ dish
  [dɪʃ]　　　碟子

[ʃ]

基礎1

基礎2

ci、si、ssi、ti 唸成 [ʃ]

❶ ancient
  [ˈenʃənt]　　古老的
❷ Asia
  [ˈeʃə]　　　亞洲
❸ Russian
  [ˈrʌʃən]　　俄國的
❹ station
  [ˈsteʃən]　　車站

1 填填看

請先試著將以下的單字唸出聲來，再用音標表示出來，

1 sheep →[　　]
　（羊）

5 fish →[　　]
　（魚）

2 shy →[　　]
　（害羞的）

6 show →[　　]
　（表現）

3 dish →[　　]
　（盤子）

7 push →[　　]
　（推）

4 vanish →[　　]
　（消失）

答案1.[ʃip] 2.[ʃaɪ]3.[dɪʃ] 4.[ˈvænɪʃ] 5.[fɪʃ]6.[ʃo] 7.[pʊʃ]

2 玩玩看

小迷糊忘了帶眼鏡去上課，結果把ch與sh搞混了。請你幫小迷糊找出發[ʃ]的單字，並改正過來。

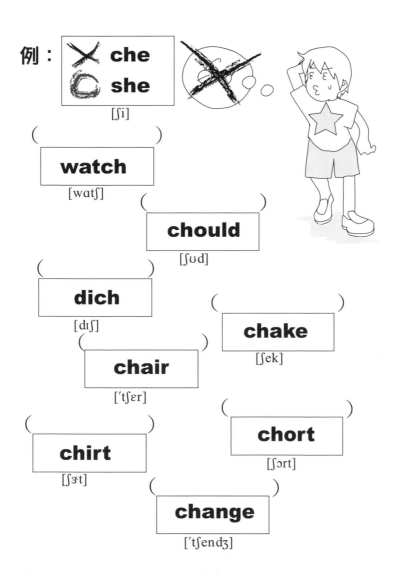

例：~~che~~
she
[ʃi]

( )
watch
[watʃ]

( )
chould
[ʃʊd]

( )
dich
[dɪʃ]

( )
chake
[ʃek]

( )
chair
[ˈtʃɛr]

( )
chirt
[ʃɝt]

( )
chort
[ʃɔrt]

( )
change
[ˈtʃendʒ]

125

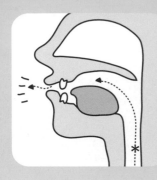

14 [ʒ] 的發音

「橘」子好好吃喔！

 怎麼發音呢

CD

track
31

[ʒ]的發音位置跟[ʃ]很相似。同樣地將嘴唇微張往外嘟出，接著將舌頭靠近硬顎的位置，使氣流緩緩流出，與舌頭和硬顎間的空隙產生摩擦，記得要振動聲帶喔！維持同樣姿勢吸氣，硬顎部分涼涼的才是正確的喔！

 邊聽邊練習單字跟句子的發音喔

<大聲唸出單字喔>

❶ Asian [eʒən] 亞洲人
❷ usual [ˈjuʒʊəl] 經常的
❸ leisure [ˈliʒɚ] 空閒
❹ garage [ˈgəˈrɑʒ] 車庫
❺ television [ˈtɛləˌvɪʒən] 電視
❻ casual [ˈkæʒʊəl] 隨性的

<大聲唸出句子喔>

❶ Our treasure is in the garage.
我們的寶物在車庫裡。

❷ It's hard to measure one's pressure.
人的壓力很難估計。

❸ He usually watches television at leisure.
他空閒時常看電視。

[ʒ]

比較[ʃ]跟[ʒ]的發音

[ʃ]和[ʒ]都是舌頭和硬顎間的空隙產生摩擦音，不同點是：[ʒ]是有聲子音，需要振動聲帶，而[ʃ]是無聲子音，不用振動聲帶，請感受看看振動聲帶所造成的差別喔。

CD

track
31

[ʒ]		
❶ measure	[ˈmeʒɚ]	估計
❷ casual	[ˈkæʒʊəl]	隨性的
❸ Asian	[ˈeʒən]	亞洲人
❹ vision	[ˈvɪʒən]	視力

[ʃ]		
pressure	[ˈprɛʃɚ]	壓力
cash	[kæʃ]	現金
ash	[æʃ]	灰
mission	[ˈmɪʃən]	任務

玩玩嘴上體操

The Asian usually watches television at leisure.
亞洲人通常在閒暇時間看電視。

10倍速音標記憶網—— 哪些字母或字母組合唸成[ʒ]

s、si 唸成 [ʒ]

❶ division
[dəˈvɪʒən]　分歧
❷ pleasure
[ˈplɛzʒɚ]　高興
❸ television
[ˈtɛləˌvɪʒən]　電視

[ʒ]

基礎 1

基礎 2

g（字源是法文的）唸成 [ʒ]

❶ garage
[gəˈrɑʒ]　車庫
❷ massage
[məˈsɑʒ]　按摩
❸ gigolo
[ˈʒɪgəˌlo]　男伴

CD

track
31

 1 聽聽看

請邊聽邊跟著唸，然後選出聽到的單字，並在方格內打勾。

1 ☐ garage （車庫）　　☐ garbage （垃圾）
2 ☐ leisure （休閒）　　☐ leather （皮革）
3 ☐ measure （測量）　　☐ method （方法）
4 ☐ Asia （亞洲）　　☐ ask （問）
5 ☐ precious （珍貴的）　☐ pressure （壓力）
6 ☐ casual （休閒的）　☐ castle （城堡）

答案 1. garage 2. leather 3. measure 4.Asia 5. pressure 6. casual

2 玩玩看

下課了！幾個字母好朋友到戶外練習傳球，卻發現他們的傳球路徑可以拼成單字呢！請你依序找出這些單字。

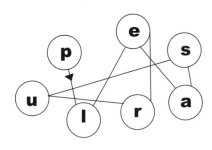

_____

[ˈplɛzɚ]

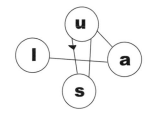

_____

[ˈjuʒʊəl]

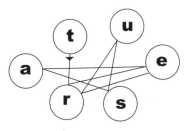

_____

[ˈtrɛʒɚ]

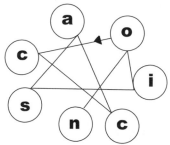

_____

[əˈkeʒən]

129

15 [tʃ] 的發音

叫你別跟，回去「去」！

去！

怎麼發音呢

[tʃ]的發音位置雖然跟[ʃ][ʒ]相同，發音方式卻很特別。首先同樣將舌頭靠近硬顎的位置，發音時要先將氣流留在口腔裡一會兒，讓氣流受到一點阻礙，再與空隙產生摩擦流出，此時不要振動聲帶，所發出的音就是[tʃ]囉。

邊聽邊練習單字跟句子的發音喔

<大聲唸出單字喔>

❶ child   [tʃaɪld]   小孩
❷ cheek   [tʃik]   臉頰
❸ teach   [titʃ]   教學

❹ kitchen   [ˈkɪtʃən]   廚房
❺ picture   [ˈpɪktʃɚ]   圖片
❻ watch   [wɑtʃ]   手錶

<大聲唸出句子喔>

❶ Cheer up!
開心點！

❷ He teaches Chinese.
他教中文。

❸ Cheese and cherries match perfectly.
起士和櫻桃口味很搭。

[tʃ]

 ## 比較[tʃ]跟[dʒ]的發音

[tʃ]和 [dʒ]都是氣流沿著舌頭與硬顎流出而產生的摩擦音，不同點在於：[tʃ]是無聲子音，類似用氣音説中文的「去」。而 [dʒ]是有聲子音，類似嘟著嘴巴説中文的「啾」。

CD

**track
32**

	[tʃ]			[dʒ]	
❶ March	[mɑrtʃ]	三月	merge	[mɝdʒ]	合併
❷ choose	[tʃuz]	選擇	juice	[dʒus]	果汁
❸ chat	[tʃæt]	聊天	jet	[dʒɛt]	噴射機
❹ cheap	[tʃip]	便宜	jeep	[dʒip]	吉普車

 ## 玩玩嘴上體操

**Cheryl's chilly cheap
chip shop sells Cheryl's
cheap chips.**
雪若的冷淡又便宜的洋芋片店
賣的是雪若的便宜洋芋片。

Cheryl's
chips!!!

10倍速音標記憶網——哪些字母或字母組合唸成[tʃ]

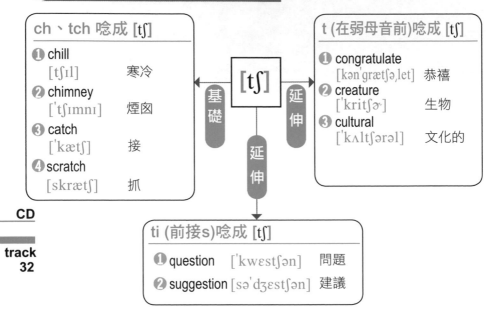

ch、tch 唸成 [tʃ]

❶ chill
　[tʃɪl]　　　寒冷
❷ chimney
　[ˈtʃɪmnɪ]　煙囪
❸ catch
　[ˈkætʃ]　　接
❹ scratch
　[skrætʃ]　抓

基礎　延伸　延伸

[tʃ]

t (在弱母音前)唸成 [tʃ]

❶ congratulate
　[kənˈgrætʃəˌlet]　恭禧
❷ creature
　[ˈkritʃ]　　生物
❸ cultural
　[ˈkʌltʃərəl]　文化的

ti (前接s)唸成 [tʃ]

❶ question　[ˈkwɛstʃən]　問題
❷ suggestion [səˈdʒɛstʃən]　建議

1 聽聽看

聽聽看，根據你聽到的句子，在括號中選出正確的單字喔！

1 Where is my (wash / watch)?

2 There is a new (chop / shop).

3 Can you (choose / juice) for me?

4 Please bring me a (share / chair).

5 Let's (catch / cash) the ball.

答案1.watch 2.shop 3.choose 4.chair 5.catch

2 玩玩看

今天老師上課時發了五張單字卡，小迷糊卻不小心把一部份重疊在一起，請你幫小迷糊把重疊的單字卡分開。（提示：每個單字都含有[tʃ]的發音喔！）

futureachurcheapicture

[ˈfjutʃɚ]

[ritʃ]

church

[tʃɝtʃ]

[tʃip]

[ˈpɪktʃɚ]

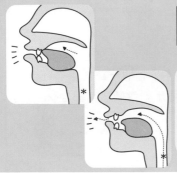

16 [dʒ] 的發音

給你香一個
「啾～」。

啾♡

 怎麼發音呢

　　[dʒ]與[tʃ]的發音方式相當類似。同樣是將舌頭靠近硬顎，接著把氣流留在口腔之中，使氣流受到一點阻礙後流出，並與舌頭和硬顎間的空隙產生摩擦，此時要振動聲帶，所發出的音就是 [dʒ]囉！

CD

CD

track
33

 邊聽邊練習單字跟句子的發音喔

＜大聲唸出單字喔＞

❶ job　　[dʒɑb]　　工作
❷ gym　　[dʒɪm]　　體育館
❸ join　　[dʒɔɪn]　　參加
❹ magic　[ˈmædʒɪk]　魔術
❺ Japan　[dʒəˈpæn]　日本
❻ page　　[pedʒ]　　頁數

＜大聲唸出句子喔＞

❶ Good job!
　　　　　　做得好！

❷ The giraffes are jogging.
　　　　　　長頸鹿在慢跑。

❸ The soldier has a large package.
　　　　　　那名軍人有個大包裹。

134

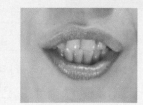

[dʒ]

比較[dʒ]跟[tʃ]的發音

[dʒ]和[tʃ]都是氣流從舌頭與硬顎間流出，產生的摩擦音，不同點在於：[dʒ]是有聲子音，類似嘟著嘴的「啾」，[tʃ]是無聲子音不需振動聲帶。請感受兩者聲帶振動的差別。

CD

track 33

	[dʒ]			[tʃ]	
❶ gin	[dʒɪn]	琴酒	chin	[tʃɪn]	下巴
❷ jelly	[ˈdʒɛlɪ]	果凍	cherry	[ˈtʃɛrɪ]	櫻桃
❸ cage	[kedʒ]	籠子	catch	[ˈkætʃ]	接到
❹ juice	[dʒus]	果汁	choose	[tʃuz]	選擇

玩玩嘴上體操

The judge likes juice and jazz music.
那法官喜歡果汁和爵士樂。

135

10倍速音標記憶網——哪些字母或字母組合唸成 [dʒ]

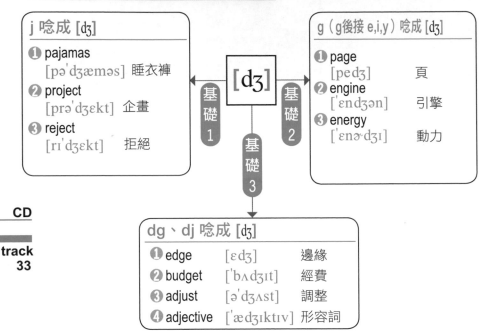

j 唸成 [dʒ]

❶ pajamas
　 [pə'dʒæməs] 睡衣褲
❷ project
　 [prə'dʒɛkt] 企畫
❸ reject
　 [rɪ'dʒɛkt]　　拒絕

[dʒ]

基礎1　基礎2　基礎3

g（g後接 e,i,y）唸成 [dʒ]

❶ page
　 [pedʒ]　　　頁
❷ engine
　 ['ɛndʒən]　　引擎
❸ energy
　 ['ɛnɚdʒɪ]　　動力

dg、dj 唸成 [dʒ]

❶ edge　　　 [ɛdʒ]　　　邊緣
❷ budget　　 ['bʌdʒɪt]　　經費
❸ adjust　　 [ə'dʒʌst]　　調整
❹ adjective　 ['ædʒɪktɪv] 形容詞

CD

track
33

 1 聽聽看

聽聽看，將發音相同的填在對應的空格中。

bri**dg**e　　　ga**r**a**g**e　　mea**s**ure　　　ora**ng**e　　ju**dg**e　　　**g**entle
u**s**ual　　　　la**r**ge　　　deci**s**ion　　　huge　　　mana**g**e
plea**s**ure　　lei**s**ure　　**g**ym　　　　　vi**s**ion　　unu**s**ual

1.cage	
2.ca**s**ual	

答案 1. bridge; orange; judge; gentle; large; huge; manage; gym　2. garage;
　　　　measure; usual; decision; pleasure; leisure; vision; unusual

2 玩玩看

[dʒ]很喜歡玩躲貓貓，現在換你當鬼，看下面哪些單字 g 發音[dʒ]，把躲在 g 後面的[dʒ]圈出來。

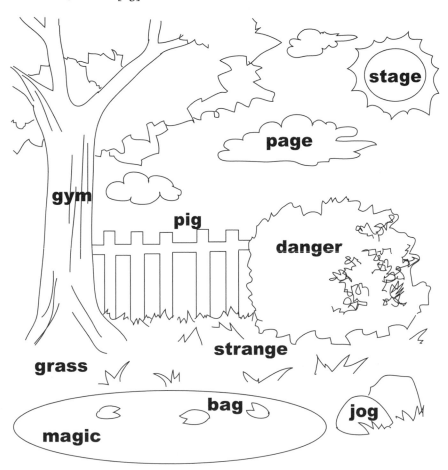

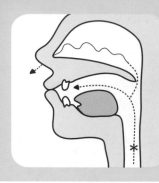

17 [m] 的發音

「嗯～」哪個好呢？

 怎麼發音呢

[m]的發音位置跟[p][b]一樣，都是將上下唇緊閉，只是[m]是將氣流留在口腔中，接著緊閉雙唇，使氣流從鼻腔衝出，就是[m]的發音了。當[m]在發音結尾時，像是 come 等，要以雙唇緊閉作為結尾喔！

CD

**track
34**

 邊聽邊練習單字跟句子的發音喔

＜大聲唸出單字喔＞

❶ map　[mæp]　地圖
❷ mix　[mɪks]　混合
❸ mean　[min]　意義
❹ come　[kʌm]　來
❺ bomb　[bɑm]　炸彈
❻ remember [rɪˈmɛmbɚ] 記得

＜大聲唸出句子喔＞

❶ Turn off the lamp.
　　　關上燈。
❷ Tom bumped into Tim.
　　　湯姆巧遇提姆。
❸ Mother got mad and screamed.
　　　媽媽生氣地尖叫。

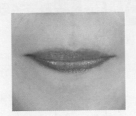

[m]

 比較[m]跟[n]的發音

在發[m]和[n]都會有鼻音,但兩者除了都是有聲鼻音外,發音部位相差很多喔![m]需要雙唇緊閉,再將氣流從鼻子送出,而[n]則是將舌尖頂在上牙齦,雙唇微開發音。

CD

track
34

	[m]			[n]	
❶ sum	[sʌm]	總和	sun	[sʌn]	太陽
❷ ham	[hæm]	火腿肉	hand	[hænd]	手
❸ mice	[mæɪs]	老鼠	nice	[naɪs]	良好
❹ moon	[mun]	月亮	noon	[nun]	中午

 玩玩嘴上體操

Mickey Mouse and Minnie Mouse are kids' dreams.
米老鼠和米妮都是小孩子的夢想。

139

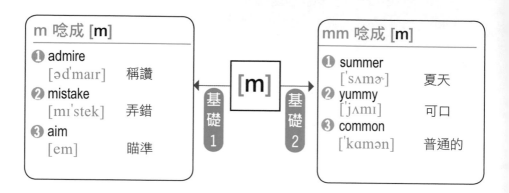

m 唸成 [m]

❶ admire
   [əd'maɪr]　稱讚
❷ mistake
   [mɪ'stek]　弄錯
❸ aim
   [em]　瞄準

基礎 1　**[m]**　基礎 2

mm 唸成 [m]

❶ summer
   ['sʌmɚ]　夏天
❷ yummy
   ['jʌmɪ]　可口
❸ common
   ['kɑmən]　普通的

 1 填填看

請在小方格內填入音標（括號中的單字發音），然後唸出聲來。

1 □□□ → (mean)
（意義）

5 □□□ →(mad)
（瘋狂）

2 □□□□ →(jam)
（果醬）

6 □□□ →(more)
（更多）

3 □□□ →(mom)
（媽媽）

7 □□□ →(him)
（他）

4 □□□□ →(blame)
（責怪）

答案1.[min]2.[dʒæm]3.[mɑm] 4.[blæm] 5.[mæd]6.[mɔr] 7.[hɪm]

2 玩玩看

〔mmm…〕，超好吃的菜餚要上桌了，只要根據音標把以下食材上的字母拼成正確的單字，填入空格，好吃的食物就完成了。

1. eic rmcae   **4.** ilmk

2. omtato   **5.** mlote

3. armhgbure   **6.** amh

3.( )
['hæmbɝgɚ]

5.( )
['amlɪt]

4.( )
[mɪlk]

6.( )
[hæm]

2.( )
[tə'meto]

1.( )
[ˌaɪs'krim]

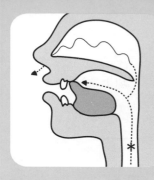

18 [n] 的發音

這本書很不錯「呢」！

呢

 怎麼發音呢

[n]的發音位置跟[t][d]相近，都是將舌頭前端放在上牙齦後面，使氣流在口腔中蓄勢待發，接著放開舌頭，使氣流從鼻腔衝出，就是[n]的發音了。

CD

track
35

 邊聽邊練習單字跟句子的發音喔

＜大聲唸出單字喔＞

❶ no   [no]   不
❷ net   [nɛt]   網子
❸ can   [kæn]   罐頭

❹ nine   [naɪn]   九
❺ winter   ['wɪntɚ]   冬天
❻ invite   [ɪn'vaɪt]   邀請

＜大聲唸出句子喔＞

❶ It is raining now.
現在正在下雨。

❷ It is windy in winter.
冬天風很大。

❸ We had wine after dinner.
我們晚餐後喝了紅酒。

[n]

 ## 比較[n]跟[ŋ]的發音

[n]和[ŋ]都是鼻音，但發音位置相差了很多喔！[n]是用舌端輕輕彈一下上排牙齦，有點類似中文「呢」，而[ŋ]是用舌頭根部抵住軟顎而發聲，類似注音的ㄥ。

CD

track
35

	[n]		
❶	win	[wɪn]	贏
❷	keen	[kin]	激烈
❸	sin	[sɪn]	罪
❹	thin	[θɪn]	瘦的

[ŋ]		
wing	[wɪŋ]	翅膀
king	[kɪŋ]	國王
sing	[sɪŋ]	唱歌
thing	[θɪŋ]	事情

 ## 玩玩嘴上體操

Nine nice night nurses nursing nicely.
九個不錯的夜班護士很親切地護理病人。

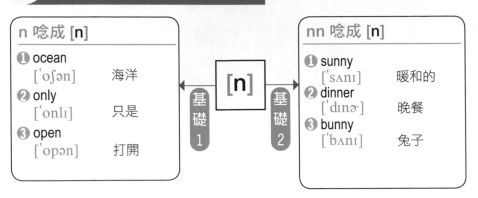

n 唸成 [n]

❶ ocean
['oʃən]　　　海洋
❷ only
['onlɪ]　　　只是
❸ open
['opən]　　　打開

[n]

基礎 1

基礎 2

nn 唸成 [n]

❶ sunny
['sʌnɪ]　　　暖和的
❷ dinner
['dɪnɚ]　　　晚餐
❸ bunny
['bʌnɪ]　　　兔子

CD

track
35

1 聽聽看

聽聽看，根據你聽到的句子，選出括號中正確的單字喔！

1 It is (raining / ringing) outside.

2 The (thing / thin) bothers him.

3 My favorite team never (wins / wings).

4 Here I (can / come).

5 Please turn in the paper before (nine / mine).

答案1.raining 2.thing 3.wins 4.come 5.nine

2 玩玩看

同花順：請將花色相同的字母組成同花順，猜猜看是什麼單字呢？

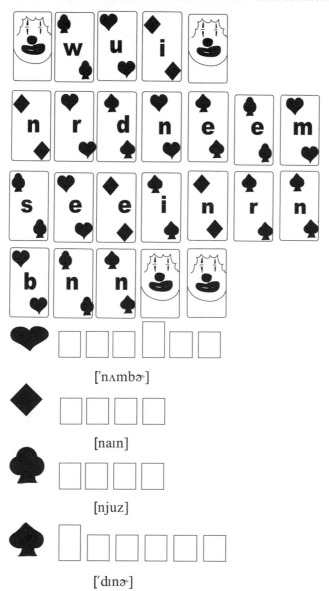

['nʌmbɚ]

[naɪn]

[njuz]

['dɪnɚ]

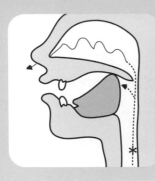

19 [ŋ] 的發音

「哼」大鑽石有什麼了不起！

CD

track
36

怎麼發音呢

[ŋ]的發音位置跟[k][g]很接近，都是抬高後面的舌頭來抵住軟顎，使氣流留在口腔中，接著放開舌頭，使氣流從鼻腔衝出，此時振動聲帶，就是[ŋ]的發音了。這也難怪[ŋ]常常跟 k 或 g 放在一起呢！

邊聽邊練習單字跟句子的發音喔

<大聲唸出單字喔>

❶ ink   [ɪŋk]   墨水
❷ link   [lɪŋk]   連結
❸ drink   [drɪŋk]   喝

❹ sing   [sɪŋ]   唱歌
❺ ring   [rɪŋ]   戒指
❻ morning   [ˈmɔrnɪŋ]   早晨

<大聲唸出句子喔>

❶ The ring is pink.
                 戒指是粉紅色的。

❷ The king is singing.
                 國王正在唱歌。

❸ Bring the ink.
                 帶墨水來。

[ŋ]

 ## 比較[ŋ]跟[n]的發音

[ŋ]跟[n]都是鼻音，但發音位置差了很多喔！[n]是用舌端輕輕彈一下上牙齦，有點類似中文「呢」，而[ŋ]是用舌頭根部抵住軟顎而發聲，類似注音的ㄥ。

CD

track 36

	[ŋ]			[n]	
❶ sing	[sɪŋ]	唱歌	sin	[sɪn]	罪過
❷ pink	[pɪŋk]	粉紅	pin	[pɪn]	別針
❸ wing	[wɪŋ]	翅膀	win	[wɪn]	贏
❹ along	[əˈlɔŋ]	沿著	alone	[əˈlon]	孤獨

 ## 玩玩嘴上體操

The king is singing on the pink swing in Beijing.

國王正在北京的一座粉紅鞦韆上唱歌。

147

10倍速音標記憶網——哪些字母或字母組合唸成[ŋ]

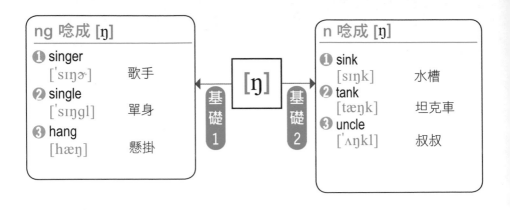

ng 唸成 [ŋ]

1. singer
   [ˈsɪŋɚ]　歌手
2. single
   [ˈsɪŋgl]　單身
3. hang
   [hæŋ]　懸掛

[ŋ]

基礎1　基礎2

n 唸成 [ŋ]

1. sink
   [sɪŋk]　水槽
2. tank
   [tæŋk]　坦克車
3. uncle
   [ˈʌŋkl]　叔叔

1 填填看

經過以上的練習，你是否注意到 [ŋ] 的獨特發音規則呢？請將劃線部份發音相同的單字填在對應的空格裡。小心！有些單字沒有空格可以對應喔！

think	wind	hungry	angle	tank	finger
wing	angry	land	handsome		
thank	link	hundred	ink	long	trunk

1.singer	
2.sink	

答案1. wing; angry; 2. think; tank; thank; link; ink; trunk;hungry; angle; finger;long

2 玩玩看

學過音標當然要知道自己到底記了多少，那麼就來看看左邊的音標，
它們各是那些單字呢？

1 [strɔŋ] ☐☐☐☐☐☐

2 [θɪŋk] ☐☐☐☐☐

3 [rɔŋ] ☐☐☐☐☐

4 [drɪŋk] ☐☐☐☐☐

5 [θæŋk] ☐☐☐☐☐

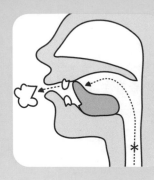

20 [l] 的發音

人家不要喝
「了」啦！

 怎麼發音呢

[l]的發音跟中文的「ㄌ」類似，是將舌頭前端抵在上齒齦後面，然後振動聲帶，讓氣流緩緩的從舌頭兩邊流出，所以叫做「邊音」。當[l]在字尾時，像是 pull，別忘了最後舌頭要稍微碰到齒齦後面喔！

 邊聽邊練習單字跟句子的發音喔

＜大聲唸出單字喔＞

❶ lie　　[laɪ]　　謊言
❷ lot　　[lɑt]　　籤
❸ play　　[ple]　　玩耍
❹ gold　　[gold]　　黃金
❺ pull　　[pʊl]　　拉
❻ dollar　　[ˈdɑlɚ]　　元

＜大聲唸出句子喔＞

❶ Wait in line, please.
　　　　　　請排隊！
❷ Listen carefully to me.
　　　　　　仔細聽我說。
❸ The girl played with the doll.
　　　　　　小女孩在玩洋娃娃。

[l]

 比較[l]跟[r]的發音

[l]和[r]都是有聲子音，但[r]是捲舌音，發音不同點在兩者舌頭位置。
[l]是將舌頭前端抵在上齒齦後面。而[r]要將舌尖後捲到更後面。

[l]			[r]		
❶ late	[let]	遲到	rate	[ret]	匯率
❷ fly	[flaɪ]	飛	fry	[fraɪ]	煎
❸ till	[tɪl]	直到	tear	[tɪr]	淚水
❹ play	[ple]	玩	pray	[pre]	祈禱

 玩玩嘴上體操

**Lovely lemon liniment
lightens Lily's left leg.**
好用的檸檬藥膏讓莉莉的左腳
舒服多了。

151

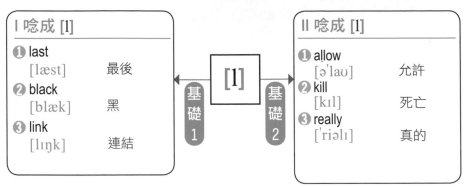

I 唸成 [1]

❶ last
   [læst]   最後
❷ black
   [blæk]   黑
❸ link
   [lɪŋk]   連結

[1]

基礎 1   基礎 2

II 唸成 [1]

❶ allow
   [əˈlaʊ]   允許
❷ kill
   [kɪl]   死亡
❸ really
   [ˈriəlɪ]   真的

CD

track
37

1 聽聽看

下面的單字有些和CD上唸的不同，請在聽過CD後，在正確的單字後面空格處打O，在錯的單字後面的空格處打X，並填上正確的單字。

1 tree →__ _____
2 lead →__ _____
3 play →__ _____
4 rank →__ _____

5 blue →__ _____
6 well →__ _____
7 jelly →__ _____

答案1.o 2.x; read 3.x;pray 4.o
5.x;brew 6.x;were 7.x;Jerry

2 玩玩看

放長線釣大魚：請你看看要用幾個[1]當魚餌才能把魚釣起來，變成一個完整的單字呢？注意喔！魚會吃順序較前面的餌喔！

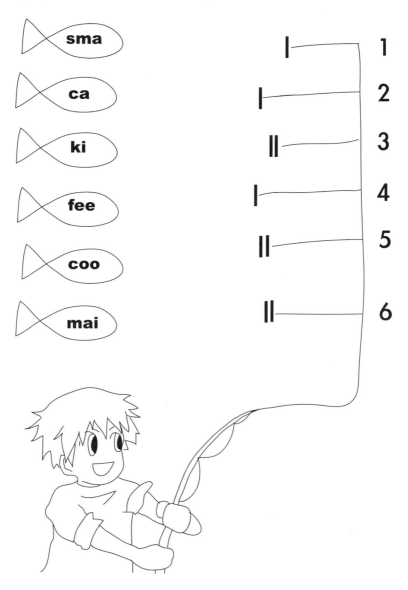

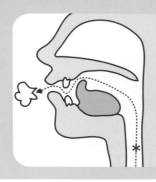

21 [r] 的發音

耶！來「rock」一下吧！

rock

 怎麼發音呢

CD

track
38

[r]又叫捲舌音。首先將舌頭中間部分微微凹下去，接著將舌尖稍微往後捲起，此時振動聲帶所發出的音就是[r]囉！當[r]在母音前面時，例如 red，嘴唇要像吹蠟燭一樣嘟成圓形；當[r]在母音後面時，像是war，發音就很像「ㄦ」呢！

 邊聽邊練習單字跟句子的發音喔

＜大聲唸出單字喔＞

❶ red	[rɛd]	紅色	❹ fear	[fɪr]	害怕
❷ try	[traɪ]	嘗試	❺ rage	[redʒ]	生氣
❸ war	[wɔr]	戰爭	❻ parent	[ˈpɛrənt]	父母

＜大聲唸出句子喔＞

❶ I am all ears.

我洗耳恭聽。

❷ Red represents rage.

紅色代表憤怒。

❸ Don't cry over spilt milk.

覆水難收。

[r]

 ## 比較 [r] 跟 [l] 的發音

[r]和[l]都是有聲子音,但[r]是捲舌音,不同點在兩者舌頭位置。[l]是將舌頭前端抵在上排齒齦後面,類似注音的ㄌ。而[r]要將舌尖後捲到更後面,類似注音的ㄦ。

CD

track
38

	[r]				[l]		
❶ worp	[wɔrp]	彎曲		walk	[wɔk]	散步
❷ war	[wɔr]	戰爭		wall	[wɔl]	牆壁
❸ rock	[rɑk]	搖滾樂		lock	[lɑk]	鎖
❹ write	[raɪt]	寫		light	[laɪt]	光線

 ## 玩玩嘴上體操

He is ready to propose in the restaurant with a ring and roses.

他已經準備好要在餐廳裡用戒指和玫瑰花求婚。

155

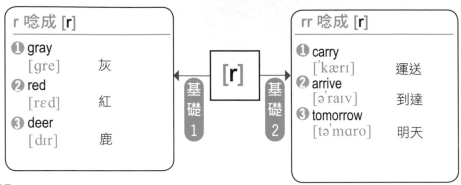

r 唸成 [r]

❶ gray
　[gre] 　　灰
❷ red
　[rɛd] 　　紅
❸ deer
　[dɪr] 　　鹿

[r]

基礎1

基礎2

rr 唸成 [r]

❶ carry
　[ˈkærɪ] 　　運送
❷ arrive
　[əˈraɪv] 　　到達
❸ tomorrow
　[təˈmaro] 　　明天

CD

track
38

1 聽聽看

聽聽看，根據你聽到的句子，選出括號中正確的單字喔！

1 I have an (ear / ill) for music.

2 Let's take a (walk / work).

3 Would you like to (read / lead) the newspaper?

4 I had my (hair / hail) cut yesterday.

5 You are (fired / filled)!

答案1.ear 2.walk 3.read 4.hair 5.fired

156

2 玩玩看

你想吃什麼？請按照句中的圖把單字填上去，還要填音標喔！

clerk : May I help you?

I : Yes. I'd like

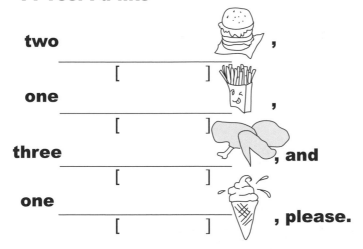

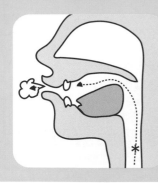

22 [w] 的發音

「巫」好險喔！

巫

 怎麼發音呢

CD

―――

track
39

[w]為半母音，跟母音[u]的發音方式很像。首先讓嘴唇發像[u]一樣的圓唇，將舌頭後半部往上延伸接近軟顎，留下通道讓氣流緩緩流過，同時振動聲帶。如果後面接母音，例如 we [wi]，要快速的從[w]的位置滑到[i]的位置。

 邊聽邊練習單字跟句子的發音喔

＜大聲唸出單字喔＞

❶ we　　　[wi]　　　我們
❷ way　　　[we]　　　路
❸ wear　　[wɛr]　　　穿
❹ window　['wɪndo]　窗戶
❺ away　　[ə'we]　　遠離
❻ swim　　[swɪm]　　游泳

＜大聲唸出句子喔＞

❶ Where were we?
　　　　　　　　我們剛才在哪裡？
❷ The waiter wears a uniform.
　　　　　　　　服務生穿著制服。
❸ The weather is getting worse.
　　　　　　　　天氣變糟了。

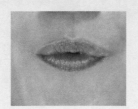

[w]

 ## 比較 [w] 跟 [hw] 的發音

[w]的發音類似中文的「我」，但是，當出現[hw]這樣的音標組合時，
[h] [w]就聯合成了類似中文「壞」的發音囉！

CD

track
39

	[w]				[hw]	
❶ witch	[wɪtʃ]	巫婆		which	[hwɪtʃ]	哪個
❷ want	[wɑnt]	想要		what	[hwɑt]	什麼
❸ wide	[waɪd]	寬的		white	[hwaɪt]	白的
❹ wear	[wɛr]	穿著		where	[hwɛr]	哪裡

 ## 玩玩嘴上體操

**Which witch wished
which wicked wish?**
是哪個女巫許了哪個邪惡的願
望？

10倍速音標記憶網——哪些字母或字母組合唸成[w]

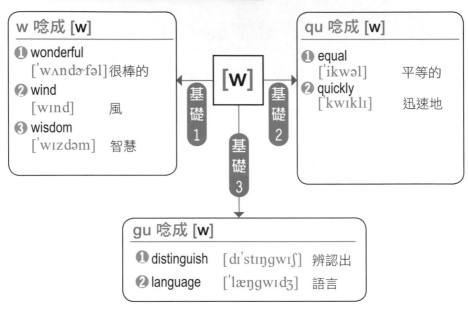

w 唸成 [w]

❶ wonderful
['wʌndəˌfəl] 很棒的
❷ wind
[wɪnd]　　風
❸ wisdom
['wɪzdəm]　智慧

[w]

基礎1　基礎2　基礎3

qu 唸成 [w]

❶ equal
['ikwəl]　　平等的
❷ quickly
['kwɪklɪ]　　迅速地

gu 唸成 [w]

❶ distinguish　[dɪ'stɪŋgwɪʃ]　辨認出
❷ language　　['læŋgwɪdʒ]　語言

1 填填看

請在小方格內填入音標（括號中的單字發音），然後唸出聲來。

1 □□□□□ → (wind)
（風）

5 □□□□ →(was)
（是）

2 □□□□ →(weak)
（柔弱的）

6 □□□□□ →(weird)
（古怪的）

3 □□□□□ →(sweet)
（甜蜜的）

7 □□□□ →(wet)
（濕的）

4 □□□□ →(work)
（工作）

答案1.[wɪnd] 2.[wik] 3.[swit] 4.[wɝk]

5.[wʌs] 6.[wɪrd] 7.[wɛt]

夜深人靜，動物園裡的動物開始聊起天來，你能分辨出是哪隻動物的叫聲嗎？看看中文，然後把叫聲跟動物連起來。

bow wow

meow

sss

cock-a-doodle-doo

wee wee

hee haw

（嘶～）

（咆嗚～）

（可卡肚兜）

（喵嗚～）

（伊～哈）

（呼伊呼伊）

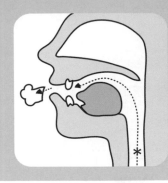

23 [j]的發音

「耶」今天沒有功課！

耶！

 怎麼發音呢

CD

track
40

[j]常常跟在母音的前面，跟母音[i]的發音位置很像，都是將舌頭前端往上延伸接近硬顎，接著讓氣流緩緩流出，同時振動聲帶。但不同的是，[j]通常很快的從[j]滑到後面母音的位置，算是協助母音的角色，所以又稱為「半母音」。

 邊聽邊練習單字跟句子的發音喔

＜大聲唸出單字喔＞

❶ yes   [jɛs]   是
❷ yet   [jɛt]   目前
❸ year   [jɪr]   年

❹ youth   [juθ]   年輕
❺ yellow   [ˈjɛlo]   黃色
❻ yesterday   [ˈjɛstɚˌde]   昨天

＜大聲唸出句子喔＞

❶ Happy New Year!
　　　　　　　新年快樂！

❷ You are young.
　　　　　　　你很年輕。

❸ Yes, this flight is to New York.
　　　　　　　是的，這班機是往紐約。

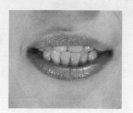

[j]

 比較[j]跟[i]的發音

[j]跟[i]的發音位置很像,都是將舌頭前端接近硬顎。但不同的是,[j]通常很快的從[j]滑到後面母音的位置,所以發音很短和後面的母音幾乎連在一起。

CD

track 40

	[j]				[i]	
❶ yes	[jɛs]	是的		east	[ist]	東方
❷ yet	[jɛt]	還沒		eat	[it]	吃

 玩玩嘴上體操

The yellow yacht is not yet in New York.
黃色遊艇還沒到達紐約。

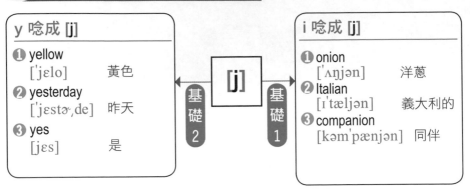

y 唸成 [j]

① yellow
[ˈjɛlo]　　黃色
② yesterday
[ˈjɛstəˌde]　昨天
③ yes
[jɛs]　　　是

[j]

基礎 2　　基礎 1

i 唸成 [j]

① onion
[ˈʌnjən]　　洋蔥
② Italian
[ɪˈtæljən]　義大利的
③ companion
[kəmˈpænjən]　同伴

CD

track
40

1 聽聽看

聽聽看，根據你聽到的句子，選出括號中正確的單字喔！

1 What about this (year / ear)?

2 This is (ours / yours).

3 I like (yellow / jellow) the most.

4 You are still (young / joung).

5 He was the (mayor / major) of New York.

答案1.year 2.yours 3.yellow 4.young 5.mayor

2 玩玩看

小紅帽在森林裡迷路了，她向一位巫師問路，巫師卻只告訴她三個 'magic words'。請在下圖找出這三個magic words，但要先拼出這三個字來，並順著它們走，就可以幫助小紅帽回家囉！

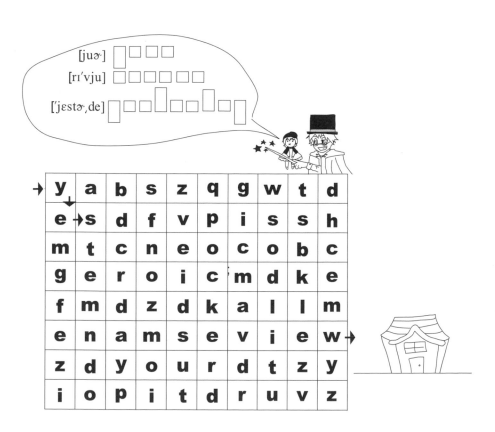

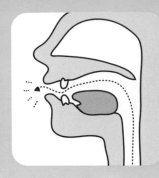

24 [h] 的發音

「哈～」怎麼還
這麼多啊！

哈～

 怎麼發音呢

[h]的發音位置雖然跟中文的「ㄏ」很像，卻有些微的不同喔！首先跟「ㄏ」一樣嘴形半開，接著讓氣流流出，在通過喉部時與喉嚨摩擦，這樣所發出的音就是[h]囉！[h]的發音部位比「ㄏ」還要靠近喉部喔！

 邊聽邊練習單字跟句子的發音喔

＜大聲唸出單字喔＞

❶ he   [hi]   他
❷ ham   [hæm]   火腿
❸ hit   [hɪt]   打擊

❹ hair   [hɛr]   頭髮
❺ here   [hɪr]   這裡
❻ behind   [bɪˈhaɪnd]   後面

＜大聲唸出句子喔＞

❶ He is happy.
　　　　　　他很快樂。

❷ The host held my hand.
　　　　　　主人握住我的手。

❸ The hippo hides behind the house.
　　　　　　河馬躲在房子後面。

166

[h]

 比較[h]跟[f]的發音

[h]和[f]都是無聲子音,但發音的方法卻有很大的差別。[h]是將嘴巴打開,利用氣流摩擦喉嚨發出氣音,而[f]是用氣流摩擦嘴唇和牙齒而發聲的。

CD

track
41

	[h]				[f]	
❶ hit	[hɪt]	打擊		fit	[fɪt]	合身
❷ hat	[hæt]	帽子		fat	[fæt]	肥胖
❸ hollow	[ˈhɑlo]	空洞		follow	[ˈfɑlo]	跟隨
❹ hear	[hɪr]	聽		fear	[fɪr]	害怕

 玩玩嘴上體操

He heard the host help the long haired girl.
他聽說主人在幫助那位長髮女孩。

10倍速音標記憶網——哪些字母或字母組合唸成[h]

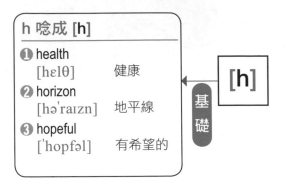

h 唸成 [h]

❶ health
[hɛlθ] 健康

❷ horizon
[həˈraɪzn] 地平線

❸ hopeful
[ˈhopfəl] 有希望的

[h]

基礎

 1 聽聽看

請聽完CD所唸的單字後，然後填入正確的單字及音標。

1 (here) [hir]
（這裡）

5 (　　　) [　　　]
（跳躍）

2 (　　　) [　　　]
（快樂的）

6 (　　　) [　　　]
（害怕）

3 (　　　) [　　　]
（高的）

7 (　　　) [　　　]
（房子）

4 (　　　) [　　　]
（哈囉）

答案 2.happy[hæpɪ] 3.high[haɪ] 4.hello[hɛlo]

5.hop[hɑp] 6.fear[fɪr] 7.house[haʊs]

2 玩玩看

馬利歐已經告訴你哪個是藏著香菇的〔h〕囉！請根據馬利歐的提示，找出正確的單字。

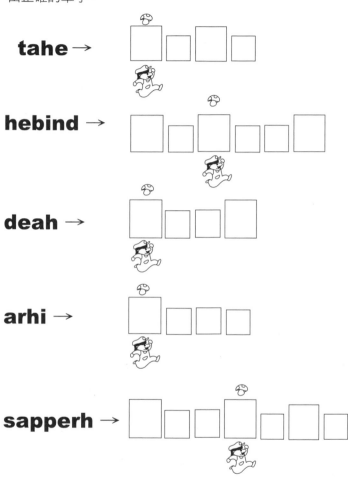

tahe →

hebind →

deah →

arhi →

sapperh →

練習題解答

母音1

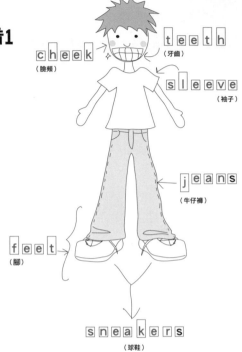

c h e e k
（臉頰）

t e e t h
（牙齒）

s l e e v e
（袖子）

j e a n s
（牛仔褲）

f e e t
（腳）

s n e a k e r s
（球鞋）

母音2

monkey

peacock

chicken

eagle

deer

rabbit

sheep

pig

pig
rabbit
chicken
【 I 】

170

母音3

母音4

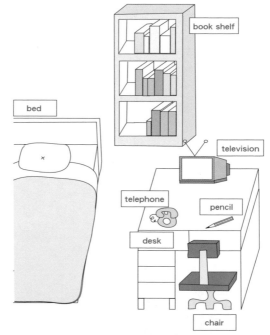

練習題解答

母音5

stnd → stand

lugh → laugh

hppen → happen

crry → carry

ctch → catch

blck → black

母音6

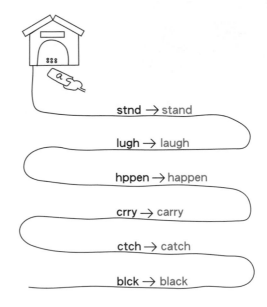

⑥ s h o p b d e c f i
m l p r o k o h r s ①
b d i g m u s i e o
o d o c t o r f t c
⑦ b e w m s o p v b c
o o a b o x z g l e
t t t s e u b v h r
t d c m c l o c k w
l p h f j k o y v z
e e t d o l l a r d

①
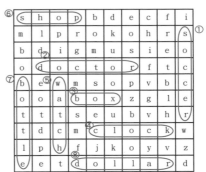
（足球）

②
（醫生）

③
（箱子）

④
（鐘）

⑤
（手錶）

⑥
（店家）

⑦
（瓶子）

⑧
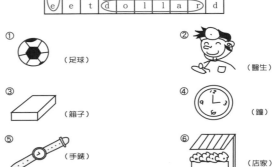
100
（美金）

172

母音7

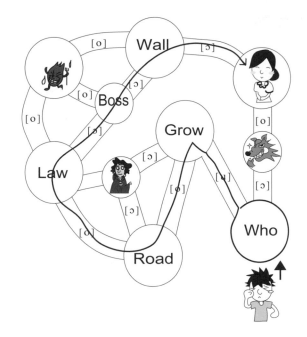

母音8

1. [pɪ'ɑno] p i a n o

2. [rod] r o a d

3. [sʌn'flɑuɚ] s u n f l o w e r

4. [for] f o u r

5. [renbo] r a i n b o w

練習題解答

母音9

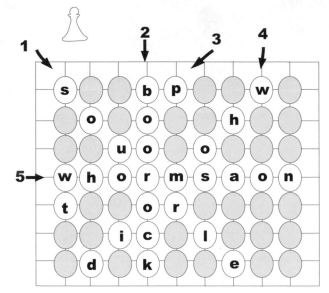

1 例：**sure**
2 book
3 put
4 wood
5 woman

母音10

1. [truθ] truth

2. [θru] through

3. [lus] loose

4. [gus] goose

5. [frut] fruit

母音11

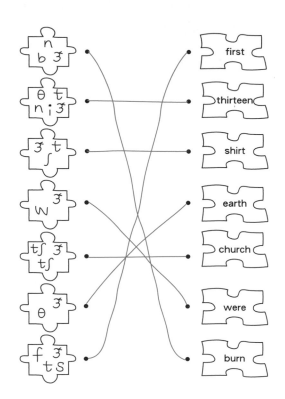

母音12

1.['kʌlɚ]　c o l o r

2.['istɚn]　e a s t e r n

3.['sʌmɚ]　s u m m e r

4.['kʌltʃ]　c u l t u r e

5.['mʌðɚ]　m o t h e r

練習題解答

母音13

1.[ˈdʒɛləs]　jealous

2.[məˈstek]　mistake

3.[lɛmənˈed]　lemonade

4.[pəˈlɑɪt]　polite

5.[təˈde]　today

母音14

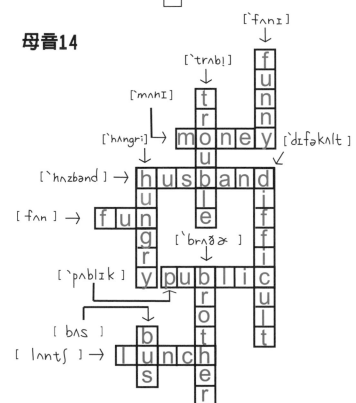

子音1

pehapn → h a p p e n

elpeop → p e o p l e

paple → a p p l e

seaple → p l e a s e

apper → p a p e r

grinps → s p r i n g

子音2

例

b a i
p e e   <u>b</u> <u>e</u> <u>e</u>

1. h a b
   j o k   <u>j</u> <u>o</u> <u>b</u>

2. b i y
   p u z   <u>b</u> <u>u</u> <u>y</u>

3. b l a e k
   p r e a p   <u>b</u> <u>r</u> <u>e</u> <u>a</u> <u>k</u>

4. t x b i e
   s a p l c   <u>t</u> <u>a</u> <u>b</u> <u>l</u> <u>e</u>

177

練習題解答

子音3

1.[ˈlɪtl] l i t t l e

2.[lɛft] l e f t

3.[tek] t a k e

4.[stɑp] s t o p

5.[let] l a t e

子音4

1.[dæd] d a d

2.[ˈdæmɪdʒ] d a m a g e

3.[gold] g o l d

4.[əˈdɪʃənl] a d d i t i o n a l

5.[ˈsʌdn] s u d d e n

子音5

子音6

1. goldfish
2. gull
3. tiger
4. eagle

練習題解答

子音7

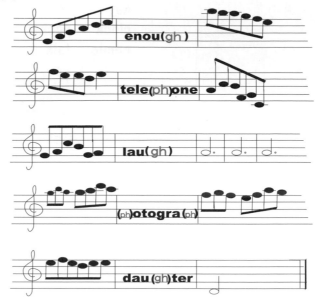

子音8

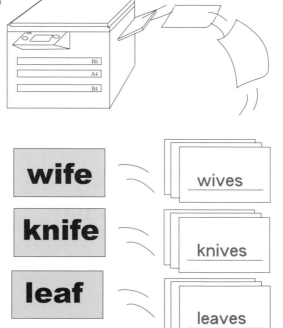

子音9

1. stret ɑn <u>straight on</u>
直走
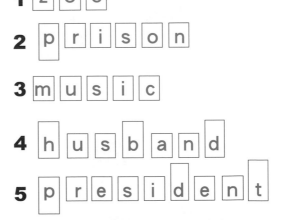

2. tɚn raɪt <u>turn right</u>
右轉

3. raɪt <u>right</u>
右邊

4. tɚn lɛft <u>turn left</u>
左轉

5. bʌs stɑp <u>bus stop</u>
公車站

6. ˈtræfɪk laɪt <u>traffic light</u>
紅綠燈

7. krɔsɪŋ <u>crossing</u>
十字路

8. lɛft <u>left</u>
左邊

子音10

1 z o o

2 p r i s o n

3 m u s i c

4 h u s b a n d

5 p r e s i d e n t

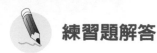 **練習題解答**

子音11
1.[ˈbɝθˌde] b i r t h d a y
2.[hɛlθ] h e a l t h
3.[mʌnθ] m o n t h
4.[brɛθ] b r e a t h
5.[ɝθ] e a r t h

子音12

子音13

例：✗ che
　　○ she

（ ○ ）
watch

（ should ）
ch~~o~~uld

（ dish ）
d~~i~~ch

（ shake ）
ch~~a~~ke

（ ○ ）
chair

（ shirt ）
ch~~i~~rt

（ short ）
ch~~o~~rt

（ ○ ）
change

子音14

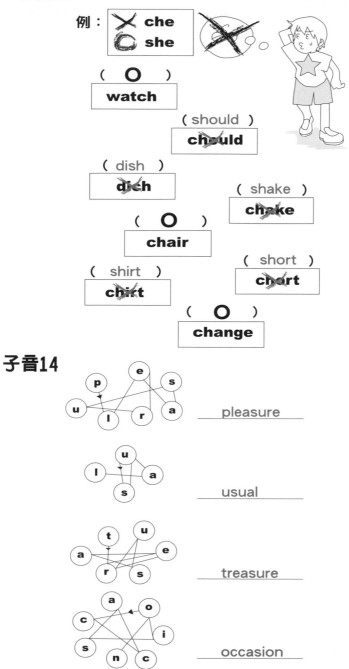

_____ pleasure _____

_____ usual _____

_____ treasure _____

_____ occasion _____

183

練習題解答

子音15

futureachurcheapicture

future

reach

church

cheap

picture

子音16

stage

page

gym

pig

danger

strange

grass

bag

jog

magic

子音17

1. e i c   r m c a e
2. o m t a t o
3. a r m h g b u r e
4. i l m k
5. m l o t e
6. a m h

3.(hamburger)
5.(omlet)
4.(milk)
6.(ham)
2.(tomato)
1.(ice cream)

子音18

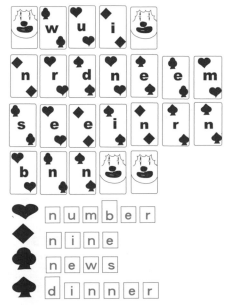

♥ number
♦ nine
♣ news
♠ dinner

子音19

1.[strɔŋ] s t r o n g
2.[θɪŋk] t h i n k
3.[rɔŋ] w r o n g
4.[drɪŋk] d r i n k
5.[θæŋk] t h a n k

子音20

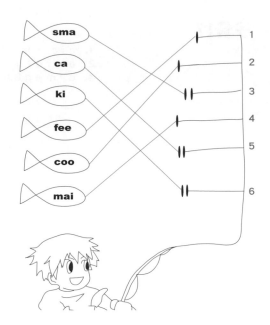

子音21

clerk : May I help you?

I : Yes. I'd like

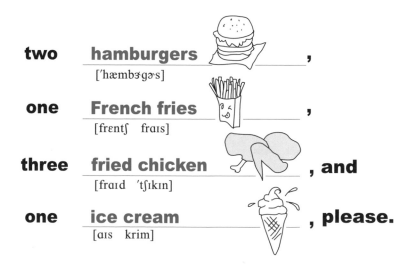

two ___hamburgers___
['hæmbɚgɚs]

one ___French fries___
[frɛntʃ fraɪs]

three ___fried chicken___
[fraɪd 'tʃɪkɪn]

one ___ice cream___
[aɪs krim]

子音22

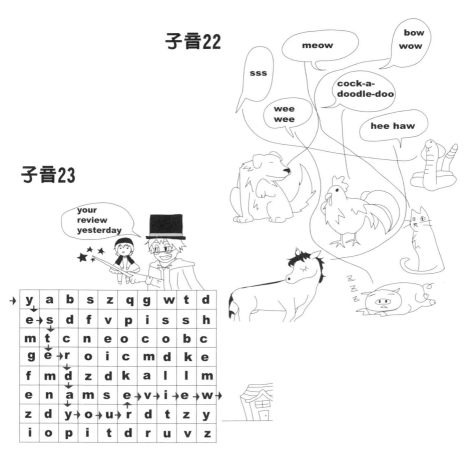

sss

meow

bow wow

cock-a-doodle-doo

wee wee

hee haw

子音23

your review yesterday

y	a	b	s	z	q	g	w	t	d
e	s	d	f	v	p	i	s	s	h
m	t	c	n	e	o	c	o	b	c
g	e	r	o	i	c	m	d	k	e
f	m	d	z	d	k	a	l	l	m
e	n	a	m	s	e	v	i	e	w
z	d	y	o	u	r	d	t	z	y
i	o	p	i	t	d	r	u	v	z

子音24

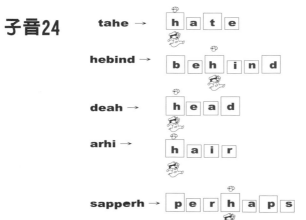

tahe → h a t e

hebind → b e h i n d

deah → h e a d

arhi → h a i r

sapperh → p e r h a p s

有戲英語 **01**　　　　　　　　　（25K+QR碼線上音檔）

初版 2024年7月

作者 ●	里昂
發行人 ●	林德勝
出版發行 ●	山田社文化事業有限公司
	臺北市大安區安和路一段112巷17號7樓
	電話　02-2755-7622
	傳真　02-2700-1887
郵政劃撥 ●	19867160號　　大原文化事業有限公司
總經銷 ●	聯合發行股份有限公司
	新北市新店區寶橋路235巷6弄6號2樓
	電話　02-2917-8022
	傳真　02-2915-6275
印刷 ●	上鎰數位科技印刷有限公司
法律顧問 ●	林長振法律事務所　　林長振律師
書+QR碼 ●	新台幣310元
ISBN ●	978-986-246-839-5

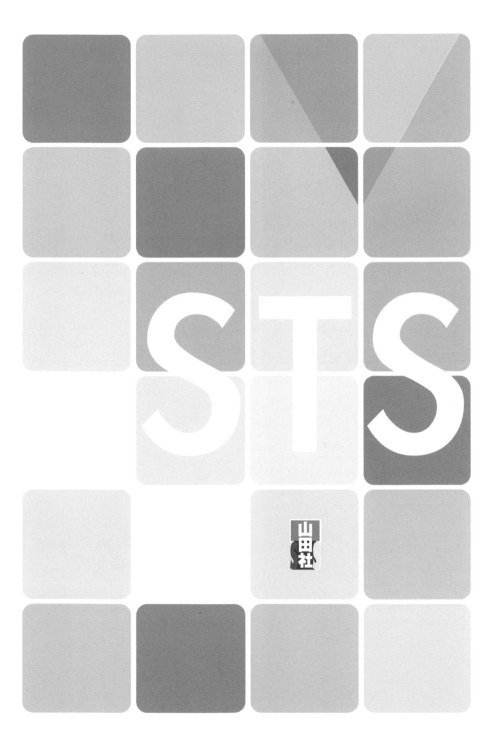

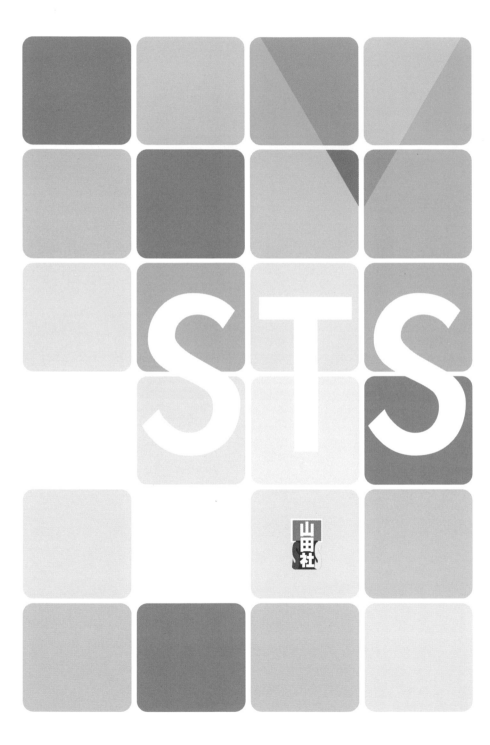